苗栗小使命案

さんぽん（三本）——原著

既晴——譯作

全球約四成命案無法破案，苗栗小使命案是這種未破案之一。雖在命案現場與玫瑰花叢各找到疑似凶刀，經檢警偵查，鑑定證據，清查被害人與嫌犯生活，審判後也是事實無著。一八九八年沒有科技協助，推理是唯一辦案取徑。本書沒有假文青文字、無冤獄控訴陳腔，也無刻意故佈疑陣，事件就這樣緩緩浮現在文字上。立心既異，耳目一新，反覆閱讀也不厭倦。

——國立台北大學犯罪學研究所所長　周愫嫻

日治時期台灣犯罪小説輩出，不僅台人所撰可觀，日人的日文寫作亦琳瑯滿目，惜過去學界研究鮮少，原因在於作品散見報刊，蒐羅匪易，且文字辨識困難。既晴先生不憚辛勞，繼翻譯《艋舺謀殺事件》之後，此次再推《苗栗小使命案》犯案實錄，文中因有雙線辦案，案情愈趨曲折，而除了再現縝密嫌犯問訊、凶刀鑑定、血跡檢驗和證人傳喚、證詞比對等過程，尚涉及日本人與台灣人問題，同時還映射出日治初期辨務署組織、法院調查、日人在台生活概況，是值得細加玩味的迷人之作，且讓人引領期待未來能有系列出版。

——國立台灣大學台灣文學研究所教授　黃美娥

推薦

歷史不能忘記，迷信必生冤獄

李俊億

一百多年前發生的《苗栗小使命案》，以小使命案現場爲偵查起點，追查到宿直所出入口的拉柄與榻榻米上的血跡，再追到宿直所內沾有微量血跡的棉被、單衣與日本刀等，進而推論殺人凶手可能就是值班者——篠崎吉治。雖然他矢口否認，但還是被鎖定。在威脅利誘，甚至拘禁在不人道的密室後，篠崎吉治依舊不認罪，最終被認定是深藏不露、膽大妄爲的凶狠殺手。

一百多年後的台灣，科技進步了，偵查人員的專業也提高了，但似乎沒有記取教訓，類似的「科學辦案」情節還在發生，甚至更進化到一定要逼出嫌犯的自白，才算圓滿。江國慶案，依據空軍作戰司令部八十六年覆高則劍字第06號判決書：「據法務部調查局對被告所做鑑定測謊報告，發覺其涉有重嫌乃鎖定調查，迄於同年十月四日終於突破其心防，始俯首認罪等事實。」江國慶在測謊沒過後，開始了被刑求的惡夢。鄭性澤涉入殺警案被借提出來後，多了貓熊眼。兩人都自白犯罪，但在審判時都全盤否認，並控訴刑求逼供。被告身心遭受重創才自白認罪，但法官並未查明，導致釀成冤獄，甚至冤死。

在鑑定方面，現在雖然科技進步了，但迷信科學與崇拜專家，卻成了更致命的冤案原因，使得平反難度更高。江國慶案，依據監察院糾正案文引述江國慶在禁閉期間所寫的家書，江國慶喊冤了，他清楚地描述被刑求的細節。但對調查人員拿出「科學證據」曉以大義逼他自白，他卻寫著：「心中卻滿頭霧水，何謂當天所留下的證物，難道我竟被他們認定是凶手嗎？接著他們又一直交復強調，你不承認也沒有關係，光是這些證據就足以判你死刑。……而令我更無力的是爲什麼偏偏找上我。難道因爲我在營站上班嗎？」一連串的疑問，他不知道如何辯駁，因爲科學證據太深奧了。但只有他最清楚，這些滿口科學的鑑定專家害死了他。

在鄭性澤涉入的殺警案中，專業的法醫依據解剖推論出兩個彈道方向；鑑識專家亦依據虎口上的火藥殘跡與彈殼位置，推論出鄭性澤的兩階段殺警手法。這些科學鑑定與專家意見，塑造出鄭性澤具有傳說中的「移形換位」功夫，在槍林彈雨下，可以瞬間移動到不同的位置開槍襲警，眞不可思議。

科學證據確實很深奧，一般人無法理解，法官也不許檢驗。依據二〇〇五年美國無辜者計劃（Innocence Project）之統計，在八十六件冤案中，居然有六三％的案件出現鑑定錯誤，有二七％的案件出現專家誤導。可見迷信科學與崇拜專家，國內外皆然，民眾與法官亦是。以下是個人觀察國內幾個重大爭議案件，有些已被平反，有些還在申冤，歸納出專家意見可能造成冤案的「五一特徵」：

一鳴驚人：專家意見，乾綱獨斷，無事實或資料佐證。
一體同心：偵查鑑定，相互配合，無驗證與制衡功能。
一人成虎：裙帶專家，情義相挺，無獨立與客觀精神。
一呼百諾：官方權威，尊貴禮遇，無論品質照單全收。
一見鍾情：有罪推定，漠視質疑，無意檢驗垃圾科學。

這些具有冤案特徵的專家意見是導致冤案的重要因素，但在檢視《苗栗小使命案》鑑定證據時，僅發現少部分的「五一特徵」。例如，一鳴驚人部分，血跡與刀劍鑑定的意見有疑似超出證據範圍，讓被告無辜被鎖定。而其他以相互制衡的鑑定制度所提出的專家意見，並無冤案之「五一特徵」，值得效法。例如，一體同心部分，偵查人員與鑑定人員，並無相互配合；一人成虎部分，三次鑑定之鑑定專家都互不隸屬，沒有裙帶關係，沒有情義相挺的問題；一呼百諾部分，來自不同單位的鑑定人都沒有受到特別禮遇，沒有官大學問大的問題；一見鍾情部分，法官客觀判斷，接受不同的鑑定意見，沒有一見鍾情的問題。

專家意見的「五一特徵」是判斷冤案的紅色指標，法官應該詳細查明，若不理會紅燈，則冤案將難以避免。《苗栗小使命案》在偵查期間的兩次鑑定結果都對被告不利，但被告仍堅決否認殺人，並要求再鑑定，而法官竟然同意。本案法官爲求眞相而進行再鑑定的做法，令人敬佩。

閱讀《苗栗小使命案》就像在看命案偵查的紀錄片，從民眾報案、警察受理、訪問證人、現場勘查、法醫相驗、調查嫌犯、扣押證據、拘捕嫌犯、提示證據、血跡鑑定、凶刀鑑定、嫌犯否認、拘禁密室、證物再鑑定、檢察官起訴、律師辯護等，跟隨著辦案節奏，一起追查嫌犯，扣人心弦。本案以證據鎖定嫌犯，再推論犯罪過程，而最後的判決更凸顯出法官在司法審判中的價值。

《苗栗小使命案》在當時嚴謹的科學驗證下，仍然無法避免冤枉被告，值得司法人員警惕。而這些活生生的情節，竟是百年前發生在這片土地上，值得探究，更值得借鏡。歷史不能忘記，迷信必生冤獄，自古皆然！

（本文作者爲國立台灣大學醫學院法醫學研究所教授，同時爲本書審定。）

導讀

虛實分明，無可取代的日台犯罪實錄經典

喬齊安

「我爲了給小說賦予眞實感，就創作了記錄體小說。當時已經有人說這個不能叫小說，只是一篇犯罪紀實文學，而我卻把這些批評視作小說的成功。」

——山本禾太郎

在二〇二三年由台灣知名作家既晴譯作的《艋舺謀殺事件》正式推出，爲台灣犯罪文學投下一枚震撼彈，由於本作原刊載於一八九八年《臺灣新報》時明治時代日語判讀艱困，並佚失一期內容，故始終未有人能將其還原內容並付梓出版。可以肯定的是，本作黑岩淚香之後、先於江戶川亂步的珍稀性，改寫了現有的日本推理史前史，待日本引進認識後，是足以轟動文壇的大事。

這位身分不明的日本作家三本（さんぽん）所留下的另一部重要作品，便是

一八九八年底在《臺灣日日新報》連載的〈苗栗小使命案〉，令人驚奇的是，本作並非小說，而是忠實收錄了一件冤獄的審判紀錄、法醫鑑識，甚至是偵訊過程的「犯罪實錄」。筆者對日本犯罪推理領域素有研究，本文便從史觀角度來探索《苗栗小使命案》的特殊意義。

對亂步有提攜之恩的醫學博士小酒井不木本身不但是一位優秀作家，也發表過多篇戰前被稱爲「偵探小說」的相關論文。他在研究中指出，其實「犯罪實錄」（探偵実話）早在江戶時代至明治初期就開始流行，當時這些實錄內容半眞半假，虛實混雜，卻普遍被大眾相信眞有其事而備受關注。一八七八年時，假名垣魯文的《高橋阿傳夜叉譚》、須藤南翠《夜嵐お絹》等描寫眞實存在的「明治毒婦」故事，在報章連載中廣受歡迎，但這些作品的內容以作家的想像居多。

這個風潮延續至黑岩淚香推出國外翻案小說的一八八八年後也沒有改變，事實上淚香重要的原創作品〈無慘〉，便以報章上的命案報導展開故事，也就是以看似「實錄」的方式創作。不木認爲，如果淚香不是以實錄的方式來改寫翻案和原創小說，偵探小說就不會受到民眾的喜愛，因此明治時期的偵探小說和犯罪實錄必須視爲一體。要到大正時代晚期，才開始出現外國偵探小說的原文譯本，並對小說與實錄間有了較明確的區分。這股虛實交融的風氣，顯然也反映在同處明治時期，改編自現實社會凶殺案的《艋舺謀殺事件》上。

然而，這種虛構的「僞實錄」熱潮逐漸造成負面影響，偵探小說的趣味來自作者的說故事能力、出人意表的情節。但在犯罪實錄中，讀者在乎的是發生了什麼駭人聽聞的事，這些事只要是「眞的」就夠了，作者的技巧是其次。當時的犯罪事件並沒有那麼多，因此作者們必須像是寫假新聞一樣瞎掰獵奇八卦的劇情，內容益發欠缺深度，連帶讓界定模糊的偵探小說被貼上了粗俗、低級的標籤，隨著明治時代的結束走向末路。不木從大正時期回溯的觀點是這些大量出版的作品沒有眞正產生出什麼東西，橫溝正史回憶那時是偵探小說的黑暗時代，而學者山前讓在《日本推理 100 年》（二〇〇一）下的總結是，「沒有太多值得關注的動向」。

歷經一段沉寂，日本推理元年以一九二三年的江戶川亂步〈兩分銅幣〉爲標誌，偵探小說進入興盛期，最高峰時出現了一個月內各大出版社印製廿萬冊新書的盛況。但犯罪實錄的地位卻維持明治以降的低落，甚至造就一個特殊的情況——甲賀三郎描寫傳教士島倉儀平這位稀世惡人的《支倉事件》（一九二七）如今是經典名作，和山本禾太郎的《小笛事件》（一九三二）被評價爲戰前推理的犯罪實錄傑作雙璧，但它們其實很長一段時間是被業界冷落的。直至權威評論家中島河太郎在一九五五年發表的〈犯罪実話史考〉給予了高度的好評後，才開始漸漸扭轉評價，中島所言「它擁有讓當時的長篇偵探小說相比下淪為兒戲的魄力」與戰前「它缺乏智力的趣味，只是提供一個基於事實的故事，純粹地煽情和聳動，與偵探小說無關。」的評語是天差地遠。

對於明治時期偵探小說有深厚研究的評論家伊藤秀雄認為，《支倉事件》與過往的犯罪實錄有所不同，採用了文學性的高明手法刻劃出主角的鮮明個性，具有開創性的意義。東京大學博士井川理的解讀是，當時流行的變格派因太過荒誕、缺乏真實性，讓偵探小說類型再度面臨「貶值」的危機，因此甲賀三郎提出基於事實來撰寫的本格小說為突破，《支倉事件》就是其中一種作法。有趣的是，犯罪實錄曾因「低級的偷窺慾」墜入谷底，卻又因變格派小說過度的「畸形與病態」而重獲新生。

度過大起與大落，如今品質紮實的犯罪實錄普遍受到應有的肯定，被視為犯罪文學不可或缺的分支。當我們認識日本犯罪實錄的前世今生後，便能理解《苗栗小使命案》的價值。首先它完全沒有明治實錄沒落的缺點，既不浮誇也不下流。

三本維持偵探小說嚴謹的邏輯敘事，有條不紊地梳理出這起冤罪之所以成案的來龍去脈，更置入了先進的法醫技術。由於在一八九八年時日本尚未具備驗血、指紋等辨識身分的技術，苗栗案中的主嫌難以扭轉眾人心證。（人類在一九〇〇年發現血型，三十五年後日本才出現甲賀三郎以其知識構思的〈血型殺人事件〉，而指紋法更是在一九〇九年才正式引進實施。）但主審法官仍做出重大決定，同意主嫌的請求，申請凶器從台灣送至長崎再鑑定，以科學證實了原先的血跡鑑定有誤，具備明治維新後的開化思維，並刻劃出獨特的時代風景。

再來，由於偵查知識有限，本作的小使命案與龍山寺浮屍一樣在當時以懸案作結，但三本採用了兩種截然不同的文本創作，風格表現各異其趣。《艋舺謀殺事件》以小說自由地構思出一套縝密的詭計與真相，《苗栗小使命案》則虛實分明，保留了實錄常見的特色：完整收錄過程，但故事沒有結局。嫌犯、證據、可能與本案相關的竊盜案資料，皆光明正大地攤開在讀者面前，可自行進行紙上推理，作者不站在特定立場妄加揣測，儼然與妖魔化犯罪者或受害者的明治實錄作出區隔，堪稱清流。

最後，《支倉事件》與《小笛事件》的成功除了作家本身的妙筆，罪案的話題、犯人的異常也都是關鍵因子，占據主要篇幅。但《苗栗小使命案》受害者是位找不到被害動機的十六歲少年、主嫌又是個溫厚的同僚，在不虛構內容的前提下很難打造出《艋舺謀殺事件》的多重戲劇性。但三本發揮出與前作相同的優勢：日台同島的複雜文化背景，相異的習性會引導出截然不同的推測。由於小使室的不明入侵者腳步聲輕微，而本島人（台灣人）搞事通常會成群結隊行動，因此一開始偵辦方向鎖定內地人（日本人）。但後來在命案附近發現一把被棄置的台灣原住民染血佩刀，讓凶手是本島人的可能性浮上檯面，卻也不能否定是內地人的刻意栽贓，畢竟一旦範圍擴大到本島人，調查起來就更為困難。日治時期的日本人之間、台灣人之間、日台人之間，各有不同的相處模式與人際關係，也讓真凶的選項益發難辨、懸念十足，閱讀樂趣便分毫不減。

以史料的角度來看，本作在維護娛樂性的同時，更保存了日台兩地這一段特殊歷史的珍貴紀錄，放眼日台犯罪實錄作品中都是無可取代的。我們身處的串流平台時代，以連環殺手、神秘邪教為主題的真實紀錄片在全球屢創收視佳績，可以說人類對於犯罪的好奇心自古皆然。如果您也是位對真實罪案感興趣的 True-crime fans，這起發生在日治寶島的苗栗離奇懸案，勢必不容錯過。

（本文作者為台灣犯罪作家聯會理事，百萬書評部落客，日韓劇、電影與足球專欄作家。本業為製作超過百本本土推理、奇幻、愛情等類型小說的出版業編輯，成功售出相關電影、電視劇、遊戲之ＩＰ版權。並擔任 KadoKado 百萬小說創作大賞、島田莊司獎、林佛兒獎、完美犯罪讀這本等文學獎評審。）

目次

1

明治三十一年一月三十日的凌晨，新竹縣苗栗辨務署[1]一位名叫竹山畩助的小使[2]遭人殘忍殺害。

當時值班的篠崎吉治，不幸成了竹山殺人案的嫌犯，被長期收押入監。後來，他在新竹地方法院一度獲得無罪判決，但由於檢察官的上訴，案件再度送回當地覆審法院[3]。

歷經種種調查後，篠崎終於徹底證明了自己的清白，於本月八日獲判無罪，並在同月十日搭乘威海丸[4]，平安返抵家鄉[5]。

1 【苗栗辨務署】明治三十（1897）年五月，總督乃木希典將全台劃分為六縣三廳，各縣廳設辨務署，共八十六個。苗栗辨務署隸屬新竹縣廳，設立於同年七月一日，位於苗栗街，管轄範圍為苗栗一堡，即現今的後龍、造橋、頭屋、苗栗市、西湖、公館、銅鑼、三義中北部、大湖西部及獅潭大部分區域。

2 【小使】學校、公司行號或公家機關裡處理雜務的職員，現日文稱用務員。

3 【覆審法院】明治二十九年（1896）法院採三審制，至明治三十一年（1898）台灣總督府法院條例修改，廢除高等法院，使得普通法院體系成為二級二審，僅分為「地方法院」與「覆審法院」。

4 【威海丸】原是英國鐵行輪船公司的商用汽船 Cathay，日清戰爭爆發後，日本國內郵輪均徵為軍用並購置此船，以清國海軍基地威海衛命名。後於明治三十五年（1902）在北海道燒尻島觸礁沉沒。

5 【家鄉】篠崎為櫪木縣人。

在這八個月的期間，篠崎身陷冤罪，承受了牢獄之苦。他堅稱沒有犯罪，因而導致了可怕的密室監禁。他究竟是有罪或是無辜，在當時是一個巨大的謎團。無論如何，現今的審判都必須以證據為立論，一旦涉嫌，若缺乏相對應的反證，僅僅妄自主張無罪，也是於事無補的。此外，他遭受到長時間的囚禁，到底是因為他一直提不出有罪的反證，或者，只是因為他的態度頑固而拒絕認罪？凡此種種，都化為令人墜入混沌，猶如身處五里霧中的疑雲。

然而，主導此案的偵探煞費苦心，追蹤著若有似無的線索，終於讓這樁冤案水落石出。在這段過程中，他偵訊了許多證人、累積了大量研究，如今，見到他勤奮辦案的軌跡，宛如一部壯闊絕倫的小說。

因此，我將依據案情的真相予以記述，並在本報[6]連載這篇名為《偵探實話．苗栗小使命案》的作品。故事的情節，是基於公開審判的旁聽紀錄、醫學檢驗、刀劍鑑定，以及生沼律師和篠崎被告的談話彙整。

那麼，就讓我們來看看，為何篠崎這麼一位溫和敦厚的人，會成為這起謀殺案的嫌犯。原來，他隨身攜帶的刀身上沾染了斑斑血跡，這也是讓他身陷這場奇禍的主因。因此，本篇故事想要以刀身的血跡為主軸，來記述這樁疑案的經緯。（三本記述）

苗栗辨務署主記[7]篠崎吉治，正好是明治三十一年一月三十日的值班人員，當時已經入夜，四周寂靜。他抬起頭，打開宿直所[8]的障子[9]，大約是凌晨三時，東方的天空已經微微泛白，但夜風有些潮濕，吹過他的臉頰，令他的睡意全消。

因爲，他偶然注意到，原本在夜晚應該牢牢鎖住的房門似乎被打開了，這顯然是有

6【本報】《臺灣日日新報》，為《臺灣新報》與《臺灣日報》合併而成立，於明治三十一年（1898）五月六日開始出刊。
7【主記】協助辨務署長處理庶務的職員。
8【宿直所】守夜用的值班室。
9【障子】日式拉門。

人刻意這麼做，恐怕是有小偷潛入行竊。他是今夜的值班人員，如果有盜賊行竊，將造成嚴重的事態。

他緊張地一面思考，一面靜靜地查看，但並未發現任何可疑之處。

於是，他試著大喊了兩三聲：「有小偷！有小偷！」

他的呼聲穿透夜幕，響亮的聲音迴盪四方。此時，一陣彷彿匆忙逃竄般的可疑腳步聲，像是有人在南邊小使室的戶外奔跑的腳步聲。

篠崎一度認爲，那是來自小偷的腳步聲，小偷被他的呼喊嚇跑了。於是他拿起放在臥室西側的一把刀，他早就將這把刀放在那裡，作爲防盜之用。他走過廊道，來到小使室前，大聲叫喊「竹山！竹山！」但沒有聽到任何回音。他自言自語地說：「睡得可眞熟啊。」

接著，他打開小使室的門，再次喊叫，但仍然是一片寂靜，沒有回應。

篠崎雖然感覺不太尋常，但當他透過窗口看到正在睡覺的竹山時，發現了一個黑色的物體橫躺在那裡，令他心生疑惑。然而，他更擔心的是小偷的行蹤，所以他沒再多想，轉從後門出去。結果，他發現小使室旁邊的土間[10]入口，東側的門也是開著的，他愈來愈確信，一定發生了什麼事。

他走出去大喊五六次：「小偷！有小偷啊！」此時，正留宿於辨務署事務室附近的井野政雄也趕到了，問他出了什麼事。

「快點，小偷闖進來了。」

「什麼！小偷闖進來了？這太嚴重了，有什麼東西被偷了嗎？」

「還不知道，總之我現在要去追小偷，你好好留守在這裡。」

「但是，小偷可能已經不在這裡了，我們得進屋查一下有沒有什麼物品遺失。」

「那我們進房裡看看。」

「剛才我叫了小使好幾次，但他卻一直沒起來，年輕人真會睡啊。我們再去叫醒他吧。」

他們來到小使室，大聲叫喊：「小使！小使！」

但狀況並未改變，對方沒有回答。

「太奇怪了吧。」

篠崎說著，走了兩三步進入小使室。「啊啊，太可怕了……好可怕啊，有血跡！」

10【土間】建築物內不鋪設地板，而是直接露出土地，或用三和土、瓷磚等材料鋪設的地面，又稱土間床。

「什麼血跡……哇啊，竹山被殺了！」

「一定是小偷殺的。無論如何，我們必須立刻報警。我去報警。」

「等等，你還在值班，我去報警好了。」

「那麼，就拜託你了。」

井野政雄立即前往附近的警察署報案。

2

明治三十一年一月三十日凌晨三時二十分，正值寒氣透人肌膚之際。

新竹縣苗栗辨務署主記井野政雄來到苗栗警察署前，神色驚慌地對值班的警官說：

「在辨務署值夜的小使竹山畩助，剛才不知被誰殺害了，請立即派人前來。」

一聽到這個消息，署長榎田兼明認爲事態嚴重，馬上帶領巡查部長里村慶吉與五名巡查前往現場。他們在三時三十分抵達辨務署。同一時間，苗栗憲兵主部中尉土屋芳藏也趕到了。他們馬上布署巡查，戒備四周，並向苗栗鹿港發出緊急通報，請求派遣醫生出勤。

署長榎田召喚巡查部長，說：「首先，我們必須立即打電報將此事通知新竹法院的預審法官[11]，麻煩你吩咐小使把這封電報送到電信局。

這封電報的內容是——『辨務署有賊，殺害小使，逃逸中。』」

當晚的值夜員篠崎吉治、緊急通報的井野政雄、憲兵中尉土屋芳藏，在幾名巡警的見證下，進入案發現場進行調查。他

11【預審法官】〔豫審判事〕又做「豫審判官」。預審為日本舊刑事訴訟法的規定，在正式起訴後，由預審法官決定是否應該將被告的案件送交公開審理。同時，也包括在公開審理中難以調查的證據的收集和保全程序。

臺灣總督府警察官及司獄官練習所（正 門）

們來到躺臥著屍體的小使室，將房門打開，進入室內查看。

房間裡的洋燈仍然點亮著，窗下的榻榻米上放著《日本外史》[12]等書籍、行李[13]，以及一些日常生活的雜物。

被害者竹山，頭部朝著東方，身軀躺臥向南。他的身下鋪著一張紅色毛毯，身上再蓋著一張紅色毛毯、一張台灣製棉被，肩膀部分稍微露出，枕邊染有大量血跡。首先，他們掀開了被子和毛毯，爲確認死者的傷勢，接著，將內衣縱向割開，再將屍體轉向北方，此時，他們發現死者左側的頸部有一道傷口，似乎是被銳利刀刃斜斬而造成的，長度約有四寸。

他們著手進一步細查的同時，警察署的小使帶了一封電報前來。

署長展讀，是法院的回覆電報——

「煩請完成初步調查，維持屍體等物之原狀。」

於是，署長榎田向大家說明：「依據這封電報，預審法官明天會親自來調查，所以我們這邊先暫時停止調查。」

他們再次將被子蓋住屍體，並且讓背部的肌膚由被割裂的內衣中露出，把屍體重新移回略微朝南的方位。

榎田又說：「調查工作到此爲止。不過，爲了謹慎起見，除了嚴禁任何人出入這間小使室，也必須將出入口封鎖，在離開以前要貼上封條。」他對小使做了上述的命令。

接著，他針對其他的房間全面清查後，發現篠崎主記就寢的宿直所入口東側、與門檻稍微有些距離的榻榻米上有少許血跡，此外，玄關入口處的木屐上也沾了些微血跡。警察署長立即仔細查看這些地方，沉思了一會兒，再露出一副一無所知的表情，對篠崎說：「篠崎主記，你是當晚的值班員，警方想請教案發當時的經過，請稍後到警察署報到。」

榎田語畢，與前來偵查的其他警員一同離開了辨務署。

3

12【日本外史】作者賴山陽，全書共二十二卷，於文政十年（1827）間成書，以漢文記錄從源家、平家兩氏到德川氏的武家興衰史。

13【行李】用竹子或柳條編織成的物品收納箱。在旅行時也可以用來攜帶個人隨身物品。

篠崎吉治依照榎田署長的話，於三十日上午十時到警察署報到。

署長替他拉了一張椅子，說話的語氣溫和。

「請坐。爲了調查案情，由於你是當晚的值班人員，我想請教小偷潛入並殺害小使的情況。」

篠崎被問及這件事情，答應如實回答。

「小偷的腳步聲，是草鞋還是靴子的聲音？」

「我不知道對方是穿草鞋還是赤腳，但我想那並不是靴子或木屐的聲音。」

「小使竹山是什麼時候開始被雇用的？」

「我不是會計課的，所以不太清楚，但我想應該是去年九月左右吧。」

「他是什麼樣的人？」

「這個嘛……他平時不多話，個性溫和，是所有小使中最勤快的一個。」

「他有哪些朋友？」

「他似乎沒什麼朋友。他以前好像待過監獄，有一段時間他經常出入監獄的樣子。」

「他和另一個小使中島的關係如何？」

「我也不太了解，但我想應該沒有什麼問題吧。」

「昨晚他大約什麼時候進入小使室的？」

「不太確定。我想是晚上九點左右。」

「之後他就沒有再外出過嗎？」

「沒有。」

「九點前的情況呢？他有外出過嗎？」

「九點前他的確外出過，那是晚上八點前的事，後來他在八點多、接近九點的時候才回來。他出門時，當時我正在辦公室裡，有兩個朋友剛好來找我談天。竹山進了我的房間，說他想跟朋友一起出去，希望中島接手後續的工作，但他說中島正好在洗澡，需要我同意。我同意後，竹山便出門了。

「過了一會兒，中島洗完澡出來了，我給了他十錢銀幣，請他去中谷那裡拿文件，順便去買些甜點回來。他依照我的指示買了十份，我把其中五份交給中島，要他跟竹山一起吃。」

「中島有沒有向竹山借過錢？」

「我聽別人說過這件事，但我並不知道詳情。」

「你離開辦公室後，有沒有回過宿舍？」

「晚餐我是回宿舍吃的，接著下午五點左右我去洗了澡，但離開的時間不到半小時。」

「你的宿舍和隔壁的宿舍是相通的嗎？」

「有出入口，是相通的。隔壁住的是矢野和西川兩人。」

「最近這兩天，那裡有沒有什麼工人進出？另外，還有一個名叫山口幸三郎的人，你知道他昨天早上是不是進出過那個房間？」

「我沒聽說過什麼工人，也不認識叫做山口的人。」

「小使室入口的玻璃門以前就有破損嗎？」

「應該是很早就破了。」

「你經常從那個入口進出嗎？」

「是的。」

「那個後門的門閂有沒有插上？」

「我知道有一根木棒，但不知道可以用來插門孔。昨晚我只是關了門，沒有把門閂插上。」

「關於竊賊的身分，你認爲是本島人還是內地人？」

「如果是本島人，通常人數比較多。但腳步聲很輕微，我認爲是內地人。」

「聽到腳步聲的時候，你認爲有幾個人？」

「如果只是根據腳步聲來判斷，我想人數不多，可能最多兩人。我想最有可能只有一人。」

「你還想得到其他的線索嗎？」

「從整體的狀況來看，我認爲可能是工人吧。但對此我一無所知。」

榎田署長對篠崎的偵訊就此結束。

其後，署長將陪同來自新竹的檢察官、預審法官前往案發現場調查。他指示巡查，小使竹山的屍體務必保持原狀，並且要進一步搜索加害者的線索。

4

另一方面，新竹地方法院檢察官接到了苗栗警察署長的電報，並且回電要求維持屍體原狀，在次日——也就是明治三十一年一月三十一日，與預審法官宇野美苗和書記高木正名從新竹出發前往苗栗。他們搭乘轎子迅速抵達苗栗時，受到榎田署長的殷勤接待。

辨務署長鳥居和邦對一行人說：「不辭遠方路程而來，各位辛苦了。」

「沒辦法，職責所在嘛。」宇野法官說：「無論如何，這起案件至關重大，凶手目前也行蹤不明。」

榎田署長向前一步，說：「辨務署內發生了這個案件後，警方立即分頭展開搜索，希望盡快有新消息。我們也依照回電的指示維持屍體原狀了，那麼，請問您接下來是不是直接前往辨務署？我們這裡有一份針對當晚值夜的篠崎主記所做的調查報告，請您先行過目。」

他將調查報告交給宇野法官。

「謝謝，您辛苦了。我們也需要醫生和您的

陪同。」

於是，一行人來到辨務署。榎田署長立刻打開前夜上了封條的門，進入小使室，宇野法官、高木書記、鳥居辨務署長跟在他的身後，進入充滿著陰暗殺氣的室內。一股異臭撲鼻而來，屋外的光線透進來照著屍體，竹山的臉孔發青，猶如正在沉睡，灰色的嘴唇緊緊閉著，彷彿含著無盡的怨恨。

這間小使室一共有三個入口，其中一個是腰板玻璃門[14]，從這裡可以窺視室內的情況，被害者的慘狀一目了然——仰躺著的竹山畝助朝向南方，雙手下垂，從他臉部表情看不到更多的痛苦了，而少年的美貌仍然殘留了幾分。

枕邊放了一塊方格紙板、一盞洋燈、一把掃帚，以及一個搖鈴。屍體的出血分成兩道，從前方斜向噴濺出來，飛散到掃帚和搖鈴上、甚至是六尺高的牆上，血跡淋漓。

宇野預審法官檢視了現場狀況，說：「真是可憐的少年啊，居然遭遇如此慘劇……而且這種斬殺的手法，實在是太殘酷了。那麼，接下來請渡邊分院長負責檢驗。」

渡邊分院長穿上了自頸部至腰部的防護圍裙，捲起雙手袖子，開始檢查。

14 【腰板玻璃門】「腰板上硝子」腰部以上裝設玻璃、腰部以下為木板的日式木門。

「宇野法官，我稍晚會再確認檢驗報告。這具屍體的左頰、下巴上染有血跡，胸部和腹部有屍斑，腐敗的氣體導致體腔內部嚴重膨脹，還有漏尿的現象，不過，背部沒有發現異狀。這些創傷是在頸部處被砍了兩刀，刀刃往前臂斜斬所造成的。」

若使用現代醫學術語，報告會是這樣記錄的——

（甲）左側頸部的切割傷口從後上方向前下方延伸，長度約十三仙迷[15]，深及頸動脈，橫向切斷了頸椎全長的三分之二，造成脊髓神經的橫斷切傷。氣管並未受損，但食道被折斷了一半左右。該傷口的後方幾乎是以水平方向延伸，長度約五仙迷，導致創傷自然出現開口。

（乙）在右前臂彎曲側下方三分之一的位置，由橈骨側延伸至尺骨側斜向上方，有一道長達五仙迷的切口，深達皮下組織。

切取線

根據前述（甲）和（乙）的鑑定結果，可以得出「致死原因是橫向切斷動脈和脊髓神經」的結論。這種傷口可以證明是由一把非常銳利、具有重量的刀刃所造成的。因爲只有利刃才能深達橫斷頸椎的三分之二，同時需要相當大的力量。若是剃刀或廚刀，絕對無法造成如此深度的傷口。

法官聽了這番明確的解釋，頷首說：「那麼，必然是用極爲鋒利的刀劍類工具殺害的吧。」

這個結論至關重大。

5

經由渡邊分院長的檢驗，做成了「這是由利刃斬殺所造成的傷口」的結論。

聽完這段陳述，宇野預審法官對榎田署長表示：「您先前偵訊了當夜的值班員篠崎主記，依照他的證詞，假設竹山是被竊賊般的入侵者所殺害，那麼我想他肯定會留下什

15【仙迷】即公分，明治時代的漢字表意。

塵跡證或是犯罪線索。爲求謹慎起見，我們來調查一下宿直所吧。」

在先前安排警戒的巡查陪同下，榎田署長進入宿直所，他在宿直所出入口的拉柄上發現了一些微量血跡。同時，右邊的門打開處附近的榻榻米上，也殘留了一些物體碰觸後留下的血跡，約莫拳頭大小。

法官凝視著這些痕跡，在心中默默確認。

同時，他們也著手檢查了房內鋪設的寢具——這些寢具是在竹山被殺、發生騷動的前一晚，也就是明治三十一年一月二十九日，由辨務署主記篠崎吉治在值班時起床後隨手放置的。榎田署長特別指示部屬，必須嚴加看守。在墊被上有三塊踩踏過乾土的足跡，而棉被上也有血跡——這是由白絲編織、內裡包覆棉花的台灣製棉被。此外，那裡還留下一件深藍色的單衣[16]（用來當作睡衣），前面的下襬處濺了血跡，顯現出一塊鮮血的印痕。被子的一側放了一把日本刀。

宇野預審法官凝視著這把日本刀，感到極不尋常。他注意到刀束[17]、刀鍔[18]上有些異狀，在刀鞘的邊緣有一塊長約三寸、有如黏膠的痕跡，然而，由於刀鞘的黑色塗料，人眼無法辨識黏膠的顏色，於是他試著以紙張輕輕擦拭了一下，紙張立即變紅。

這時，預審法官的臉色驟變。

他的雙眼長時間注視著這把刀，其上的血跡混有毛髮或布料般的毛絲，令他深感疑惑。

接下來，法官將刀子抽出，雖然刀身不到兩尺長，但刀尖鋒利，呈現出一種特殊的威嚇感，一看就知道這是一把鋒利的刀。法官將刀刃收回刀鞘。

當他們準備離開宿直所時，法官躊躇了一陣。

「我想檢查一下房間的地板

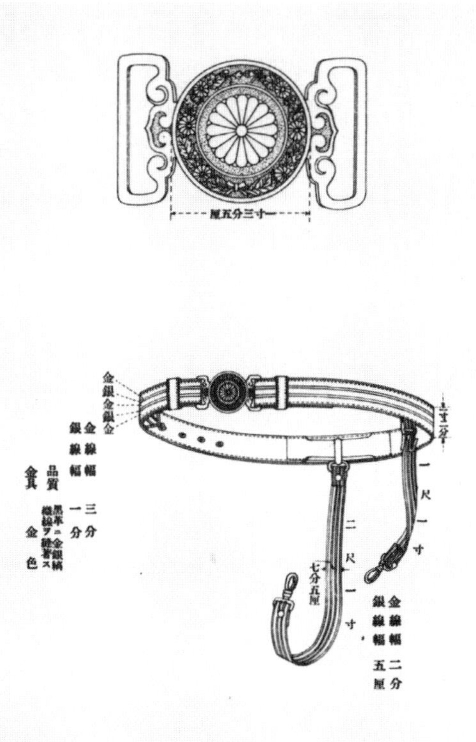

16 【單衣】〔単物〕指沒有襯裡的和服。通常使用絲質布料，主要在夏季穿著。又稱單衣。後文「単衣」使用相同譯詞。

17 【刀束】即刀柄，刀具手持之處。

18 【刀鍔】刀具上分隔刀柄與刀身交界處、保護手部的板狀物。

下面。」小使聽令，將榻榻米移開，拆除地板。

在東方窗戶透進的陽光下，法官清楚地看見了黑暗的地面。他發現一個捲起的物品，親手撿起來，原來是一條非常陳舊的手拭[19]。

「竟然是一條手拭啊。」他不禁自言自語。

他將手拭攤開，發現手拭中央有一處到兩處微小的血跡。

至此，法官獲得了他想要的線索。

「手拭上也沾了血啊。」他沒有說太多話，只是語氣稍微激動了些。「上面好像寫了什麼。」

他拿著這條手拭走到窗邊，仔細查看，發現上面以墨水寫了兩個字——田中。

房內只有宇野預審法官、書記，以及榎田署長三人。法官微笑，對榎田署長輕聲地說：「請看看這條手拭，上寫著田中二字。辨務署裡有誰叫做田中的嗎？」

「是的，似乎有。應該是篠崎的同署職員吧。」

法官沉默地思考了一陣，再度向署長說：「署長，根據這裡的跡證來看，這個案件我想並不是從外頭入侵的竊賊所為，事實上也不像是竹山被搶奪財物時出手抵抗才會遭人殺害。只能認為某人對竹山心懷恨意才殺害了他。您是否做了關於小使竹山的調查紀錄？」

「如您所說，財物並沒有遺失的狀況，竹山也沒有抵抗的跡象，因此，這毫無疑問是一樁謀殺案，但關於竹山的身世背景，在現在這個突發狀況發生的時間點，我們也還在調查當中。我想，您可以先向鳥居辨務署長詢問。」

「我明白了。我們得進一步地追查詳細的情況。不過，竹山到底是怎樣的人呢？他有怎樣的經歷？他是否有做過讓人憎恨的事？這些問題，都與謀殺事件的關係極爲密切啊。」

法官如此斷言。

6

「那麼，我只能說出我所知道的事情了。」鳥居辨務署長聽完法官的話，開始說明。

19【手拭】以棉布製成的日本傳統手巾。

「被害人竹山畩助出生於鹿兒島，現齡十八歲。他的性格溫和順服，從不會做出違背命令的事。在工作外的閒暇時間，他會用來看書。飲食方面，他經常用番薯代替米飯，一個月只用一圓五十錢來維持生活，每個月還會寄十圓左右的錢給他住在內地的父母，是一個非常節儉的人。因此，我可以斷言，他絕對不會做出令人懷恨之事。

「正如您所看到的，竹山的房間裡有刀、和服、未使用過的木屐、帽子，以及《日本外史》和一些信件，全都擺放整齊。日常的衣服也會在前一天晚上睡前疊好。從這些細節，我認爲大致能了解他的性格。在我們署內也雇用了其他小使，以及他在外頭的朋友，更具體的情況，需要從他們那裡進一步了解。」

「明白了，我們會持續調查的。」

降灰中の鹿兒島市中

接著，法官對警察署長說：「我對這起謀殺案還有一些疑點，所以想私下與您談談。」

法官和署長一起進入會客室，將入口處的門牢牢關上。

法官的聲音低沉。

「我個人的想法是，依據現場沒有搶劫金錢的跡象來看，竹山之死完全就是一樁謀殺事件。他並不是因爲被搶劫金錢而遭到殺害，而是因爲竊盜案東窗事發，殺意才遽然產生。然而，竹山並不是一個會招人怨恨的人。所以，這個凶手到底是什麼樣的人，很難輕易下定論。

「然而，讓我心生懷疑的人，其實是當晚值班的篠崎吉治。雖然我還沒有對他進行詳細的訊問，但是根據您提供的調查報告，他說他發現有竊賊從外面進來，起床查看後才發現竹山被殺。但我們在篠崎的房間裡發現了沾染血跡的衣服，在刀鞘上也找到血跡，而且在房間的地板下還發現一條染血的手拭，所有的物證都顯得十分可疑。

「因此，凶手很可能並不是從外面進來的，而是在當天晚上值班的篠崎吉治、手拭的主人田中一同共謀殺害了竹山。我認爲，這兩個人可能是因爲某個秘密被竹山發現了，爲了日後秘密不被曝光而殺害他，最終導致了這起事件。

「既然犯了罪，那麼就必須掩人耳目，設法湮滅犯罪的證據。然而，他的宿直所裡卻留下了各項物證而啟人疑竇。也許是因爲他們兩人當時的情況太過混亂，正值深夜時分尚未天明，才沒有注意到這個面向吧。

「總之，根據這些理由，請您下令拘捕篠崎吉治和田中令之，將他們視爲這起謀殺案的嫌疑人。麻煩您立即行動，我也會扣押宿直所的物證。若是他們兩人趁機逃走就麻煩了，請您務必做好防範措施。」

法官的態度堅定，對署長提出了拘捕這兩人的要求。然後，他離開了會客室，把書記喚來，一起去了宿直所，扣押了一把日本刀、一件白色縱縞[20]的單衣，然後前往田中令之的住處，檢查了他所有的物品，從行李中扣留了九封信。他離開辨務署，已是下午四時左右。

下午四時，正值辦公結束的時間，篠崎、田中兩位主記準備離開辦公室，卻突然被人攔住，眼前是水谷、黑田、松井和山本四位巡查。

「我們是根據預審法官的命令來拘捕你們兩位的。」

對於這有如晴天霹靂般的命令，兩人茫然失措，只能被迫接受。在四名警官的押送下，他們默然地走出了辨務署的大門。

7

派駐在苗栗街屯所[21]的第九憲兵隊第三分隊，此時與苗栗警察署合作搜尋這樁奇案的犯罪者下落，正在分頭調查。然而，由於預審法官出差，有罪犯從警署逃脫，導致人手短缺，搜索工作不得不暫時停止，部分憲兵巡查也被召回，因此，這段期間並沒有找到任何線索。恰好在同時，辨務署主記篠崎吉治和田中令之兩人遭到警方拘捕，使得兩人恐怕涉嫌的謠言甚囂塵上。

20 【縱縞】直式條紋。
21 【屯所】軍隊的駐守地。

這一天，憲兵屯所的上等兵飯島勝太來到辨務署，爲了調查小使謀殺事件，他巡邏著苗栗周遭。他並不知道這兩個人已經被拘捕了，一心想著要找出犯罪的相關證據。

他走在通往苗栗街與芫蒲庄[22]辨務署所在地的中央街道上，在一面行走的空檔仍然掛念著這起事件，一面自言自語著。

「依據警察署長榎田警部從值班員篠崎那裡得到的調查報告，潛入的小偷究竟是兩人或一人，是內地人還是本島人，似乎完全沒有澄清。僅僅憑著這些情報，在調查上確實非常棘手。而且，在小使室裡並沒有竊賊留下的任何東西，這使我們幾乎不知從何下手。光是這樣毫無目的地行走，也完全沒有用啊。

「法官今天應該也從新竹過來了吧，我應該先去辨務署一趟，仔細詢問一下現場情況。也許法官那裡有一些物證呢，先來問問看吧。如果小偷闖入的時候能馬上知道就好了，無論是一個還是兩個小偷都不難對付，可惜眞是錯過了大好機會啊。」

他一邊流露著失望的感嘆，一邊向辨務署方向走去。途中，他突然感覺一陣尿意，於是立刻在路邊停下來小解。

這一帶沒有房屋，只有一片廣闊的空地，看來無人管理，任荒草隨意生長。本島人的墓地散落四周，遍地都是被野草覆蓋的小型墳墓，呈現出起伏不平的地勢。即使是白晝，這裡的行人也非常稀少，給人一種毛骨悚然的感覺。尤其是到了夜晚，陰森恐怖的氛圍更加強烈。

右手邊則是一片茂密的竹林，向前延伸了兩三町[23]的距離。然而，在這如同冥界一般的地方，卻散發著濃郁的異香，不禁使人對這裡居然也開著花感到意外。事實上，從飯島停留的地方不遠，大約兩三間[24]的距離，矗立著一座大石碑，碑旁有幾朵玫瑰花，有白色、紅色的，共有七八朵花蕾正兀自綻放著。

花朵承受著蕭颯的雨滴，此番美景讓飯島深感陶醉。但在這一刻，飯島的心靈突然受到劇烈打擊，讓想要欣賞花朵的飯島不由得大聲驚呼，使行經的路人大感詫異。在那香氣四溢的玫瑰荊棘中，他看到了一件黑色的物體，在陽光的反射下，閃耀著令人眼花撩亂的光芒，射入飯島的眼中。

——哎呀！那到底是什麼東西？

22 【茫蒲庄】即芒埔庄，隸屬於苗栗一堡，為今日的苗栗市清華里、玉清里、玉華里區域。

23 【町】日本長度單位，又稱丁，為六十間的距離，即一百零九公尺。

24 【間】日本長度單位，一間約為一．八二公尺。三間約五．四六公尺。

備感驚訝的飯島，無法辨識那是什麼東西，於是便毫不猶豫地走近，拿起了這個奇異的物體。

飯島所拿起的物品，居然是一把沾滿鮮血的台灣刀[25]。刀鞘以深藍色的布塊包裹著，刀長大約一尺三寸，不但滿是鮮血，還黏附一些帶著血液的頭髮。

飯島拾起這把染血的台灣刀，他的目光猛烈地閃爍著，彷彿忘卻了自我。

「哦，這眞是太奇怪了，我居然找到了一個好東西。」他直視著這把刀，說：「這把刀難道不是三十日清晨強盜用來殺害小使的作案凶器嗎？是不是凶手在作案完畢後，就將它丟在這裡以湮滅證據呢？從上頭的血跡還非常新鮮的情況來判斷，這把刀說不定與這起事件有著未知的關聯性。

「縱然是經驗豐富的偵探，如果連一丁點線索都沒有，同樣是無能爲力啊。既然有了這把刀，那就更必須努力調查了。無論如何，既然法官已經出差來到這裡了，我應該帶著這把刀提供給他作爲參考。」

飯島立刻心生勇氣，決定前往辨務署通報。

8

另一方面，新竹地方法院的預審法官宇野美苗，暫時使用苗栗警察署作爲臨時的預審法庭，等待從辨務署拘提而來的篠崎吉治和田中令之兩人。

首先，宇野法官讓篠崎吉治進入偵訊室。他例行性地問了篠崎的住址、姓名和年齡。

「前天二十九日深夜，有人潛入苗栗辨務署，殺害了小使竹山。

25【台灣刀】台灣原住民佩刀。直式刀背，刃面往刀尖處內縮，手柄材質為金屬，有大小不一的圓型金屬片環繞上頭。刀鞘有繩，便於掛於腰間。

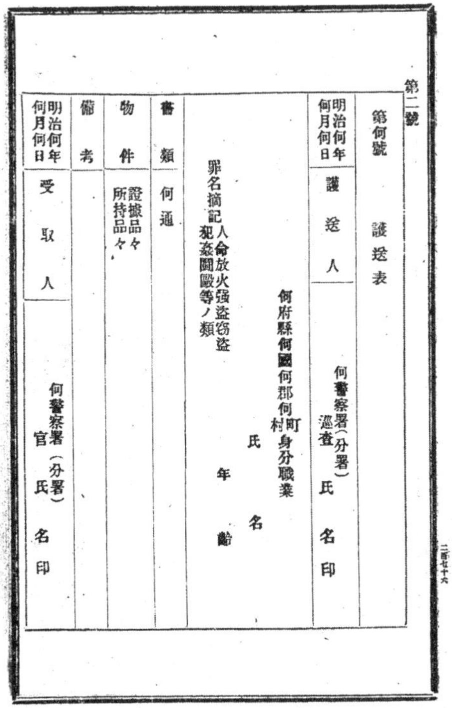

第二號

第何號　護送表

明治何年何月何日　護送人　何警察署(分署)巡查　氏名　印

何府縣何國何郡何町村　身分職業　氏名

罪名摘記　人命放火强盜竊盜犯姦鬪毆等ノ類　年齡

書類　何通

物件　證據品々　所持品々

備考

明治何年何月何日　受取人　何警察署(分署)官　氏名　印

二百七十六

你對苗栗警察署長的回答屬實嗎？」

「是的，沒錯。」

接著，法官朗讀了偵訊紀錄，說：「根據這份紀錄，在你追趕小偷之前，曾經來到了竹山的房間，呼喚了他的名字，但他沒有回答。你打開了門，但他仍然沒有回答。這是真的嗎？」

「是的。」

「接下來，你看到了一些紅色的物體，內心開始感到疑惑。但當你看向小使的背後，卻什麼都沒看到。這也是真的嗎？」

「是的。其實我看到襯衣變紅了，但我很在意小偷，所以我就這樣走了。」

「簡而言之，你是看到了像血一樣的紅色物體，但太在意小偷就先走了？」

「當時我並不覺得那是血，只是襯衣變紅了我覺得奇怪。」

「你覺得奇怪，但卻不覺得他被殺傷了才會流血嗎？」

「我只是覺得襯衣變紅、呼喚他也沒回答很奇怪，但當時並未想到是血。」

「如果你叫了他好幾次，他都不回答，又看到紅色的東西，即使你很在意小偷，難道不應該再靠近仔細看一下嗎？」

「我很在意小偷，所以我沒有想到。」

「那麼，你只是打開門看了一下，並沒有走進竹山的房間？」

「是的，我沒有進去。」

「這些證詞沒有任何錯誤，是嗎？」接下來，法官繼續確認：「當你到外頭叫喊有小偷、有小偷的時候，最先從附近跑來的是井野政雄，他當時有沒有進到房間裡去呢？」

「沒有，他也沒有進去。在我和井野仔細查看前，我就注意到了紅色的物體，而且也發現到毛毯被鮮血染紅了。」

「洋燈就放在竹山枕頭旁邊的箱子上，對吧？」

「是的，放在那裡沒錯。」

「那麼，竹山是面朝房間，也就是面朝南邊躺著的嗎？還是面朝北邊呢？」

「他是面朝房間，也就是面朝南邊躺著的。」

「你和井野再度查看竹山的狀況時，沒有發現傷口嗎？」

「當時我沒發現傷口，但看到出血和多次呼喚都沒有回應，才確定他已經被殺了。」

「那時，你只是從房間外部查看嗎？」

「是的，只有看到而已，沒有觸碰過。」

「那麼棉被上怎麼會沾了血？」法官問起這個問題，並命令廷丁[26]拿出被扣押的棉被，展示在篠崎面前。「我想這看起來像是血跡，對吧。」

「爲何會沾了血跡，我不知道。」

「那麼，這又是怎麼回事？」隨後，法官又展示了一支被扣押的刀鞘。此時，篠崎顯得有些猶豫：「我可能解釋得太過模糊，但我記得當我和井野去看竹山時，我想我似乎用了這個刀鞘碰過竹山。」

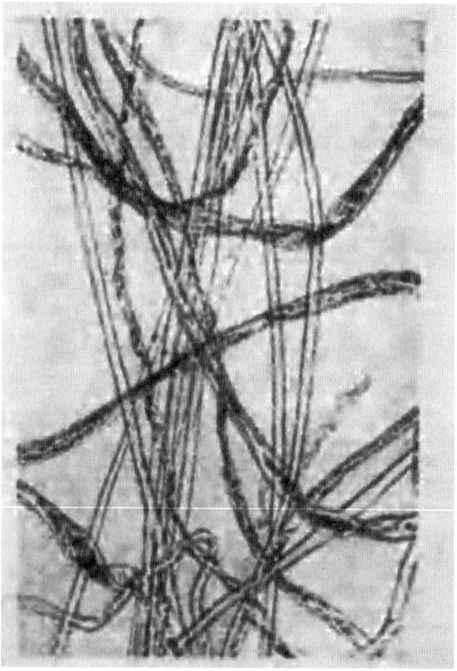

法官即刻追問：「如果你們眞的用刀鞘碰到竹山的話，那麼應該是昨天凌晨的事情吧？既然是昨天凌晨的事，爲何你會用『似乎』或『我想』呢？請你更明確地回答。」

在法官的一擊下，篠崎的回答變得愈來愈混亂：「是的，我確實碰到他了。」

「那麼，請你仔細看看，你認爲這上面是血嗎？」面對法官的問題，篠崎吉治拿起刀鞘仔細凝視，還在紙上吐了一點唾液來擦拭查看，然後以堅定的語氣回答：「這確實是血。」

法官的語氣加重：「是你殺了竹山，對吧？」

法官以銳利的態度說出這句話，此刻已帶有幾乎斷定的口吻。

這猶如霹靂一聲般的指控，他恐怕不容易擺脫了。他的希望逐漸消散，此刻感覺到自己正一步一步地被拉入黑暗的墓地。篠崎一邊這樣想，臉色也變得蒼白了。

9

法官俯視著眼前的篠崎，口吻堅定得不容質疑。

「你有沒有殺了竹山？」

26 【廷丁】法院裡處理各類雜務的事務員。

當法官做出斷言之際，看來篠崎的命運似乎已經被決定了。若是他眞的有罪，在此刻屈服或許是最有利的選擇。然而，篠崎卻表現了出乎意料的沉著。

「不，只因爲沾有血跡，就說我殺了人，那是無可奈何的事。可是……可是……」

他的情緒激動，彷彿想要回答些什麼，但卻又說不出口。法官繼續訊問他。

「你的衣服上有血跡，到底是怎麼回事？」法官再次展示了從篠崎那裡沒收的單衣，並且靜靜地觀察著被告的臉，像是在窺探對方的內心。

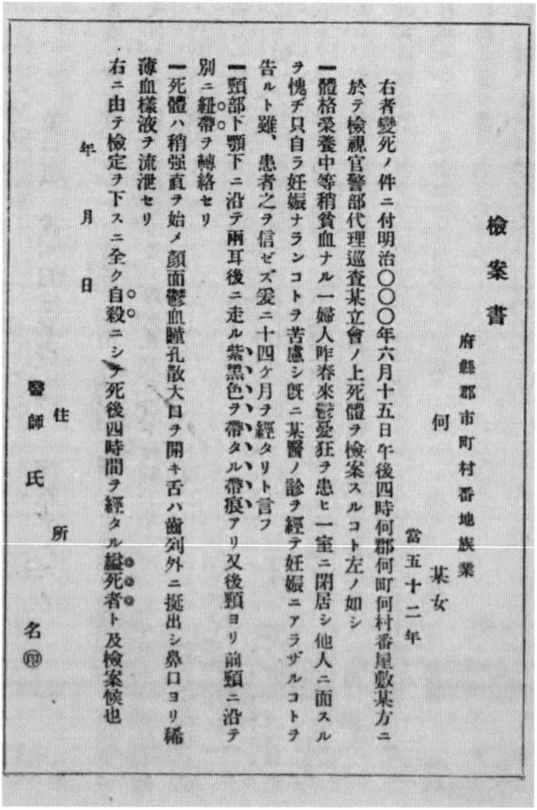

檢案書

府縣郡市町村番地族業
何　某女
當五十二年

右者變死ノ件ニ付明治〇〇年六月十五日午後四時何郡何町何村番屋敷某方ニ於テ檢視官警部代理巡查某立會ノ上死體ヲ檢案スルコト左ノ如シ

一體格榮養中等稍貧血ナル一婦人昨春來鬱憂狂ヲ患ヒ一室ニ閉居シ他人ニ面スルヲ愧ヂ只自ラ妊娠ナランコトヲ苦慮シ既ニ某醫ノ診ヲ經テ妊娠ニアラザルコトヲ告ルト雖、患者之ヲ信ゼズ爰ニ十四ケ月ヲ經タリト言フ

一頸部下顎下ニ沿テ兩耳後ニ走ル紫黑色ヲ帶タル帶痕アリ又後頸ヨリ前頸ニ沿テ別ニ紐帶ヲ轉絡セリ

一死體ハ稍强直ヲ始メ顏面鬱血瞳孔散大口ヲ開キ舌ハ齒列外ニ挺出シ鼻口ヨリ稀薄血樣液ヲ流泄セリ

右ニ由テ檢定ヲ下スニ全ク自殺ニシテ死後四時間ヲ經タル縊死者ト及檢案候也

年　月　日

住所

醫師　氏名㊞

「就算有血跡，不管有什麼嫌疑，基於我的良心，我是絕對不會殺人的，是的，我決不會殺人。那麼……那麼……刀身上有血跡嗎？」

「刀身看起來有擦拭過的痕跡。這是我爲了你的利益給予你的忠告。如果你眞的殺了人，現在就及早悔悟並且坦承眞相，對你比較有利。」

「即使您認爲我殺了人，但我並沒有殺人，我對得起自己的良心。我只能簡單地回答，我沒有殺人。」

「那麼，被子、衣服和刀鞘上的血跡是怎麼來的？」

「血跡到底是怎麼來的，我完全不知道。」

「在你以爲有小偷而外出的時候，是穿著這件衣服對嗎？」

「對。我是穿著這件衣服，繫了白色的兵兒帶[27]、手持刀子出去的。我現在身穿的這件襯衫，當時我也穿在裡面。」

「你是不是在竹山被殺的前後，進過他的房間？」

「沒有。」

27 「兵兒帯」薩摩藩士又稱薩摩兵兒，他們在軍裝上所繫的腰帶，幅寬而柔軟，能減輕腰部負擔，稱為兵兒帶。

「所以，附著在這個刀鞘上的是血跡，這一點，我們都同意了。那麼，這些血跡是不是人血，對於本案而言，有著極其重要的影響。因此，有必要從法醫學的角度進行分析，我們將委託醫生來著手鑑定。」

「對，無論如何都必須這麼做。」

「除了這些血痕之外，還有其他東西，比如毛毯上的毛或頭髮，這些又是怎麼來的？正如你所看到的，除了像血跡般的東西，上頭還附著有像是毛毯的纖維或頭髮的東西。爲何會有頭髮和毛毯纖維沾附呢？」

「這到底是怎麼一回事，我也完全不知道啊。當我和井野政雄一起去查看竹山時，我說過我用刀鞘碰到他了，我認爲一定是在那時沾上的。」

法官的偵訊稍作休息之際，警察署的小使來訪。

「報告！剛剛憲兵隊的飯島勝太發現了與小使命案有關的證物，他正在外面等候，希望能與您會面。」

法官一邊聽著，一邊凝視著篠崎的表情是否有所變化。

其後，憲兵上等兵飯島勝太來到宇野法官的桌前，展示著他所發現、染有血跡的台灣刀，並且簡述了發現的經過。

「根據上述情況，我認爲這把台灣刀肯定是凶手所持有，凶手丟棄在路上，企圖湮滅這項物證。」

聽著飯島上等兵的陳述，法官稍微將座位前移。

「那麼，那把台灣刀是藏在什麼樣的地方？」

「藏在玫瑰花叢裡。我認爲那很可能是刻意丟棄的，卡在荊棘之間。」

「那是容易被人看見的地方嗎？」

「雖然那裡長滿了各種茂密的野草，但只要走近仔細查看，就會很容易發現。」

法官內心稍感疑惑。他心想，如果眞的是台灣刀，那肯定是本島人的。若是如此，也許殺害竹山的人，除了篠崎以外還有其他人。

他暗暗獨自思量——這把台灣刀，與苗栗辨務署的小使謀殺事件究竟有什麼關聯？如果眞的有關聯，犯罪者究竟是誰？又是如何將刀放在那裡的？他與目前的嫌疑人篠崎有何關係？

由於發現了這把詭異的台灣刀，審判的進行變得愈來愈複雜，也愈來愈曖昧難明了。

10

法官告訴憲兵飯島勝太：「這確實是一個不可思議的物證，我們必須親自去現場看看。另外，還有許多事情想要請教你，不過，現在我們正在訊問篠崎，結束後還得訊問另一名嫌疑人田中令之，因此，請你明天早上七時或八時左右到警察署來，希望你能帶我們去發現那把台灣刀的現場。」

「沒問題。而且，關於這件物證，到時我也有一些事需要向法官您報告。無論如何，我明天會再來。」飯島上等兵說完，道別離去。

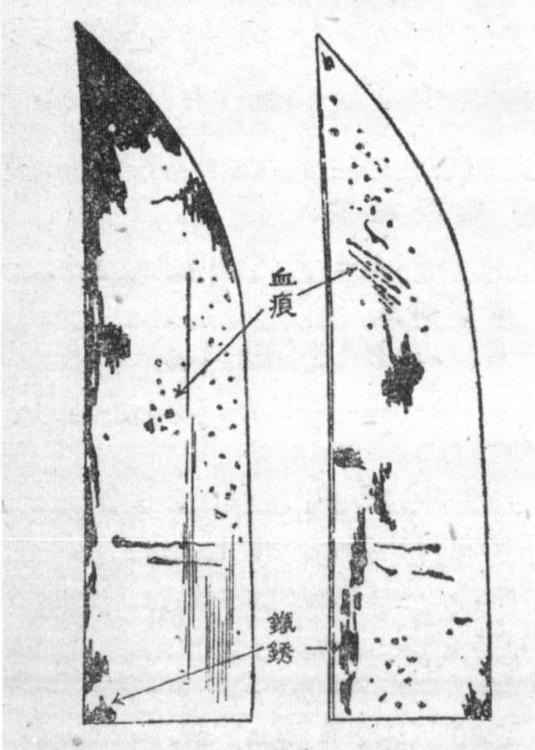

日本刀に附著せる血痕

隨後，法官暫停了對篠崎的訊問。由於先前已經取得了扣押的染血手拭、從田中令之的行李中找到的九封信件，法官早已指派苗栗警察署的特務巡查山中吉之助針對田中的日常行爲進行調查。法官正在等待他的報告，準備在取得報告後，無論時間多晚都要開始訊問田中。

田中令之與篠崎相同，都是苗栗辨務署的主記，負責會計工作。然而，一條寫有他姓氏的染血手拭，在宿直所的地板下被發現，導致他名列小使命案的嫌疑犯之一。

此時，克盡職責的法官告訴山中巡查，說：「我希望你換下制服，改穿和服前去。這裡的九封信件，都來自於同一位寄件人。在檢查田中的行李時，我稍微讀過了這些信，我相信，這些信肯定會成爲某種證據，因此我毫不猶豫，全都扣押下來了。這些信的寄件人都是女性。請你讀一下日期最近的那一封，再依照信件的內容進行調查。你得記住信件裡的描述。」

山中巡查收下其中一封信，看了信封一眼。

「收件人　苗栗辨務署・田中令之先生／寄件人　苗栗淡水亭・朝永佐市方・寺尾和」

他尚未閱讀信中的具體內容，卻先感受到寫了這封信件的女性筆下的一股柔媚。

信件內文如下——

最近，我多次寄信給您，卻從未收到您的回覆，您對我真是冷漠至極，讓人遺憾。我一直遵守和您的約定，但日復一日，您卻音訊杳然，令我頗感不滿。我期待能早日與您見面，這是我在百無聊賴的時日裡唯一的喜悅了。我也很擔憂，您未能回信其實是有什麼特殊原因。如果能夠與您常相左右，縱然投入深淵我也無所謂。

若是您籌措不出贖身的資金，才導致長時間無法與我相會，希望您能稍微寫封信告訴我該怎麼做。我也與老闆商量過了，價格可以再降，現在只需要五十圓現金，便足以讓我獲得自由。請您做好準備，讓我們能盡早在一起。但如果這一切都無法實現，我寧願和您殉情，來世再作夫妻了。對此我別無他想。真心期待您的回覆。

十二月二十五日　和

給深愛的田中先生

山中巡查讀完，說：「這是一封情書哪。」

「對。而且，其他信件大致上也是類似的內容。我認爲，田中與這位叫做和的女子關係匪淺，他們約定要結爲夫妻，就像信件上所寫的，但因爲籌不出五十圓的現金而無法見面，但女子不斷催促贖身之事，表示否則就鐵了心一起殉情。

「因此，如果你根據田中現在這個情況進行調查，我認爲可能會找到和本案有關的顯著證據。勞煩你去調查那家淡水亭，一有結果立即向我報告。待你有回覆後，我再開始訊問田中。」

嫌犯田中必然是這起案件的關鍵，山中巡查領命，立刻出發。

11

山中巡查調查了田中令之在淡水亭的情婦寺尾和，並向法官回報。

於是，法官對田中令之展開訊問。

「篠崎吉治值班的那天晚上，你人在哪裡？」

「我人在宿舍裡。」

「在宿舍裡做什麼？」

「沒做什麼。我只是在宿舍裡吃晚飯，然後聊天到九時還是十時左右，再來就去睡覺了。」

「篠崎大喊有小偷、有小偷時，你知道小偷在哪裡嗎？」

「我不知道。」

此時，法官以銳利的目光瞪了田中一眼。

「不要做虛僞的供述。我給你看一樣東西，你就無法說謊了。」

法官將一條染血的舊手拭請小使交給田中，田中大感意外。

「這是一條老舊的手拭。」

「這條老舊的手拭上有血跡，是吧？」

「是啊。」

「而且上面寫有田中兩字。是你的手拭吧？」

「可是，這條手拭並不是我的。」

田中實際上被掌握了無可辯駁的證據，這項證據對任何人來說都很可疑，似乎已經無法做任何辯解了。這是確鑿的證據。儘管啟人疑竇，田中仍表現得非常平靜。

「我對這條手拭一無所知。」

「你說你一無所知，但田中兩字不就出現在你的眼前？」

「不。即便如此，這條手拭也不是我的。」

「你聲稱這不是你的手拭，是嗎？但在辨務署裡姓田中的，除了你以外並沒有其他人。」

「確實是這樣沒錯。」

「不僅如此，這條手拭是在篠崎值班時從宿直所的房間地板下發現的，你能解釋一下嗎？很明顯的，你和篠崎共謀殺害了竹山，然後把染血的手拭藏在地板下。」

「完全沒有這回事！」

「你想否認這件事？但是，證據不是只有這件哦，那些信你又該怎樣解釋？縱使你想隱藏事實，也是毫無意義的。我們已經有了確鑿的證據。聽好了，你與名叫寺尾和的女子約定結爲夫妻，爲了替她贖身，你一直在想辦法籌錢，但卻沒用。你在不斷被她催促贖身的壓力下，是不是決定採取非常手段了？你每個月的工資是多少？」

「二十五圓。」

「每個月只有二十五圓的收入，你在淡水亭的娛樂消費，這是無法支撐的，我認爲一定有其他疑點。」

「您的這項結論恐怕過於武斷了。寺尾和確實和我有往來，這點無可否認。然而，您說我籌不到讓她贖身的資金而感到苦惱，這完全不是事實。只因爲我的名字出現在手拭上，就斷定是我殺了竹山，這實在是太過分了。您也不能確定沒有與我同樣姓氏的人。」

「那麼，你是決心否認到底了？」

「是的。」

「既然你說不知道，那就沒辦法了。我們已經做過充分的調查，請你日後不要後悔。你的收入並不高，卻過著與身分不符的揮霍生活，還苦於籌不出贖身費，而無論是遠因也好、近因也好，這條老舊的手拭都足以構成證據，這是我的鄭重聲明。」

說完這些尖銳的話，法官結束了對田中的訊問。

——田中到底是否有罪？

田中令之表示，寫著田中兩字的手拭並不是他的東西。這項清晰的斷言，無法進一步確認他有沒有罪。面對法官的偵訊，他直言法官的說法太過武斷。然則，爲寺尾和籌錢的問題確實存在，這讓他顯得心神不寧。然而，身爲一個每月只有二十五圓薪水的低薪者，他揮霍的行爲加深了法官的懷疑，這是法官認定他涉嫌的原因。因此，法官在訊問田中前，曾特意命令山中巡查官調查田中的行跡。儘管田中表示手拭不是他的東西，也不是竹山謀殺案的共犯，但若沒有事實的反證，他終究是無法自清的。

案情發展至此，篠崎否認殺害竹山，而田中也聲稱不知情。然而，從意外的地點出現了染血的台灣刀、篠崎擁有的日本刀，如今都將進行法醫學的鑑定。

這件錯綜複雜的審判案，此時正像蜘蛛網一般，變得更加錯綜複雜了。

12

二月一日，當東方的天空被晨曦映紅之際，宇野預審法官與憲兵上等兵飯島勝太一同前往台灣刀被隱藏的現場調查。

法官問：「飯島上等兵，刀

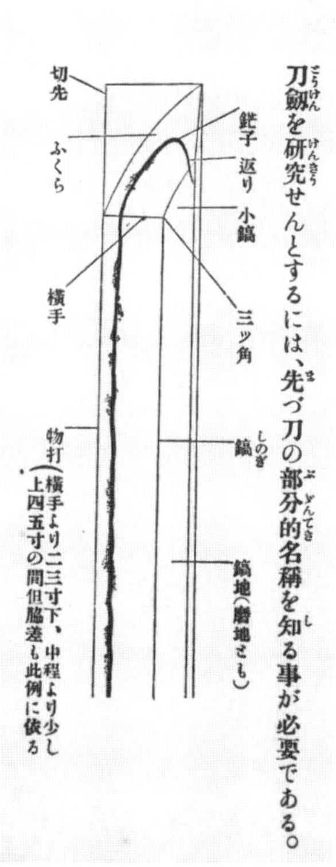

是在哪個地方找到的？」

「是。就在這個玫瑰花盛開的地方，這把刀就被藏在玫瑰花旁的荊棘叢中。」

法官聽完，低頭思考。「除此之外，還有其他值得注意的事情嗎？」

「是。關於其他的事情嘛……」

「是這樣的，先前你曾經提到過，關於這個案件你有事情想告訴我。現在這裡只有我們兩人在，如果你能提供什麼對本案有利的想法，我很樂意聆聽，也必定會盡力協助的。」

「實際上，爲了搜索殺害小使的凶手，我遵照屯所長的命令，從前天開始搜查了。中途偶然在路邊發現了染血的台灣刀。根據小使被殺的時間與這把刀進行比對，我懷疑這把刀可能是凶手的作案工具。您當時正在訊問由辨務署帶來的兩名嫌疑人，但我在思考，犯人會不會是兩人以外的其他人呢？

「我不是想要多嘴，但根據榎田署長的調查報告，值夜員篠崎因宿直所東側窗戶的開啟聲而驚醒，當他探看小使室時，小使已經遭人殺害了。而且，案發時間是凌晨三時，從凶手逃跑時留下的足跡顯示，可能是一到兩人做的。我認爲，小使是被某個本島人在凌晨所殺，凶手在篠崎大喊有小偷時驚慌逃逸，並且爲了避免日後的麻煩，將台灣刀丟在這裡。

「這把刀的柄部被黑布包著，還帶著血跡，實在令人起疑。所以，我得出的結論是，殺害小使的人不是篠崎與田中兩人，而是其他某個悄悄潛入的本島人所爲。發現了這把染血的台灣刀，足以作爲鐵證。不過，小使與這名本島人究竟有何仇恨，則需要進一步地追究。

「也就是說，只要透過這把台灣刀，針對小使在生前和本島人的關係去調查，我認爲自然就能找出眞正的凶手。」

面對飯島熱切的說明，法官神情沉靜地聽完。

「我也不是沒有這麼思考過。事實上，當昨天收到台灣刀的報告時，我感到有些疑慮，但我不能像你所說的那樣遽下定論。若是如你所說，犯罪者是本島人，而這名本島人爲了消滅證據而在途中藏起台灣刀，那他應該將刀放在不容易被人看到的地方，而不是輕易被人看到的玫瑰旁邊的荊棘叢中。這是一個疏忽，與消滅證據的目的相悖。

「當然，也可能是另一種情況。他打算在途中棄刀，可能是覺得這樣不容易被人發現，但由於並未謹慎行事，天還沒亮時就丟棄了。因此，有一種解釋是，刀子卡在荊棘間，沒有掉入草叢深處。然而，這是一個考慮過多的解釋，沒有參考價值。

「再者，這把台灣刀並不鋒利，內部已經生鏽了。那名被殺的小使是怎麼死的呢？刀子輕易地對他砍了兩下，就使他喪命了。因此，那把凶器必定是非常鋒利的。醫生經過檢查，也是這麼認為的。從這個角度來看，本島人用台灣刀殺人，是一個立論薄弱的解釋。

「再進一步地說，依據我的心證，目前被拘留的篠崎和田中兩人雖然殺死了小使，但卻偽裝凶手是其他人所為，我想，他們有可能為了掩蓋眞相，暫時找來一把台灣刀，讓刀身沾上血跡，並將它放置在距離犯罪現場不遠的這裡，尤其選在一個容易被人看到的地方，也就是荊棘叢中。

「你堅持認為這把台灣刀就是作案工具，此一說法未必站得住腳。不過，我希望你能根據我剛才所說的，繼續為這起謀殺案盡一份心力。目前看來，這兩名被拘留者不太可能輕易承認罪行，案情的前景堪憂。無論如何，請你在調查時，同時考慮你我的看法。我也會向屯所長提出要求。」

法官就此與飯島憲兵上等兵告別。

於是，原本被認為是小使謀殺事件唯一的新證據——台灣刀，最終在預審法官的判斷下，似乎成了對篠崎和田中兩人不利的證據。然而，熱心的飯島上等兵，在離去時仍然堅持他的看法。

——那麼，這把台灣刀的眞正主人是誰呢？

13

若想破解謀殺事件的眞相，首先必須追查爲何小使竹山畩助會被殺害。一旦弄清楚原因，犯罪者是誰自然而然就會水落石出。否則，縱使拘留了上百名嫌犯也毫無意義。預審法官早已看清這一點，他事先以證人身分傳喚竹山畩助生前親近的人，就從他們開始調查。

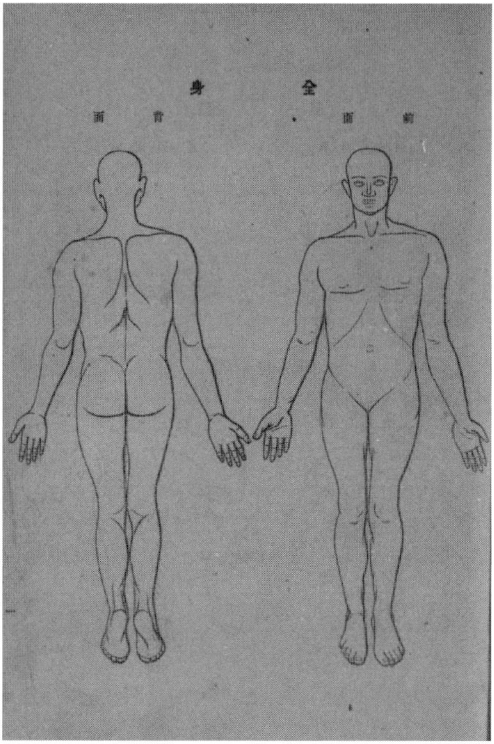

二月二日上午十點——也就是法官與飯島憲兵上等兵自台灣刀丢棄處道別、回到署裡的隔日——第一位接獲通知來報到的，是在新竹郵便電信局當郵件運送員的上山源次郎。

法官說：「你現在必須對我的訊問陳述事實，回答絕不可任意揑造。首先我要問的是，你是否認識竹山畩助？」

「是的，我與畩助的父親是老朋友了，而與畩助本人則是來台灣後才開始密切往來的。」

「畩助的父親現在還健在嗎？」

「來台灣後，我們已經很久沒聯絡了，所以我不知道他近況如何。」

「你知道畩助每個月從薪水中拿出一些錢寄回老家嗎？」

「他平時的狀況我不太清楚，但我知道大約五、六天前他寄了二十五圓。」

「一月二十九日，也就是畩助被殺的前一晚，你有和畩助見面嗎？」

「有，我在畩助被殺的前一天晚上，大約五點左右去了他住的地方，當時我們的朋友河村袈裟也一起去了。那晚沒有其他人來過畩助的住處。」

「在你回來前稍早，辨務署的小使中島也來了，那是幾點的事？」

「大約七點左右。」

「你們在畖助的住處談了什麼?」

「沒什麼特別的,只是閒聊一些瑣事,後來我們說好要去吃蕎麥麵。」

「然後你們一起去吃了嗎?」

「我們一起去吃了。」

「是幾點去的?」

「大約七點。回程時我送畖助到家。」

「七點過後,你有沒有再去過辦務署與畖助碰面?」

「沒有。」

接下來,法官更細膩地追問,「竹山畖助生前有沒有像是被人怨恨的情況?」

「我完全不知道。事實上,我是在事後才聽說這次的事情,當時聽到非常驚訝……」

「我不是在問那樣的事情。」

「畖助在生前得知了別人的壞事之類的嗎?」

「我想問的是,會不會存在這麼一種情況——畖助得知了某些壞事,於是那些做了壞事的人,認為不能讓畖助繼續活著。」

「我完全不知道。」

「那麼，你認爲是什麼原因導致他發生這樣的事情？」

「當別人告訴我的時候，聽說他是被強盜殺害的，所以我一直以爲就是這個原因。」

「你認爲畩助是在睡覺時被殺的，還是有別的想法呢？」

「畩助在生前被人怨恨，或是得知別人做了壞事，我不曾聽說過這樣的狀況。」

「那你平時和畩助談話中，有沒有什麼可疑的線索？」

「沒有。」

「一月二十九日當晚，你和畩助談話時，他身上帶了多少錢？」

「只帶了一圓還是一圓五十錢左右吧。」

「你是怎麼知道的？」

「大約在那之前四、五天，竹山畩助向辨務署的小使中島借了三圓，因爲他說自己沒有零用錢，所以我又借給他兩圓。那天晚上，我們和畩助一起去吃蕎麥麵時，我們沒帶錢，所以讓他替我們付了。那時，我看到畩助多拿了一圓出來，說是要付給照相館的錢。」

「你知道可以稱作畩助的玩伴有什麼人嗎？」

「沒有吧，至少我不知道。」

「你是從誰那裡聽到畋助被殺的事情？」

「一位叫做吉原的警察小使來我住的地方說的。」

「你是什麼時候來台灣的？」

「去年二月。」

「你是單身嗎？」

「我在這裡是一個人住，但在內地有母親，以及一個兒子、一個女兒。」

「每個月你都會寄錢給家裡嗎？」

「一定得寄，但有時候也沒辦法寄。」

法官似乎在思考著什麼，突然提出了一個奇怪的問題。

「你有沒有曾經因爲手頭很緊，想過要拿辨務署的錢？」

「怎麼可能，我絕對沒有那種錯誤的念頭。」

訊問到此結束。

然而，畋助爲何殺害，眞相仍然無法得知，竹山謀殺案依然是個難解之謎。

14

二月三日，宇野預審法官帶著竹山謀殺案所有的文件和證據，先行將嫌犯篠崎、田中送往新竹縣監獄，然後前往苗栗。

自一月三十日開始，在這四天的停留期間，由於案件相當複雜，爲了找出更明確的事證，宇野預審法官全力以赴，委託熱心調查本案的憲兵上等兵飯島勝太，根據發現台灣刀的線索，更加深入偵查，同時，他也提醒苗栗榎田警察署長不可鬆懈，案件的處理無一遺漏。

隨後，依照先前告知過篠崎的，法官要求對扣押的日本刀上發現的血跡進行法醫學的鑑定。新竹分院院長渡邊學士在法官採取行動前來訪，詳細地陳述了初步的鑑定結果。

「鑑定的進展還眞是迅速啊。」法官詢問，「鑑定結果究竟是怎麼樣？我認爲，首先必須確定的是，所有證物上的附著物到底是不是血跡？若是血跡，那是人血嗎？如果是人血，那大約是什麼時候附著上去的？如果這些疑點都能解明，那就太好了。」

「根據您的指示，我收到了第一號到第七號，共七件證物。

「第一件，是一塊沾有血液般物質的手拭；第二件，是附著在辨務署宿直所入口障子格框上的血跡；第三件，是附著在同署廚房入口障子格框的血跡一塊。

「第四件，是貼在同署障子的布片兩塊。第五件，是附著在台灣刀上、類似血液和毛髮的物質；第六件，是附著在日本刀鞘上、類似血液和毛髮的物質；第七件，是附著在一塊條紋布料上、類似血跡的物質。我逐一檢查了這七件證物，結果是……

「第一件證物——手拭，我將它浸泡在蒸餾水中，取出一部分浸泡液進行乾燥並作爲採檢樣本，再以亞甲藍[28]染色，接著，在顯微鏡下檢查，發現與人血相似的血球。然而，爲求謹愼，我又取出一部分浸泡液進行乾燥，加入少量的格魯兒那篤溜

28 【亞甲藍】［メチレン］由德國化學家亨利希・卡羅（Heinrich Caro）合成，用於氧化還原反應滴定的指示劑，亦可作為細胞染色劑。

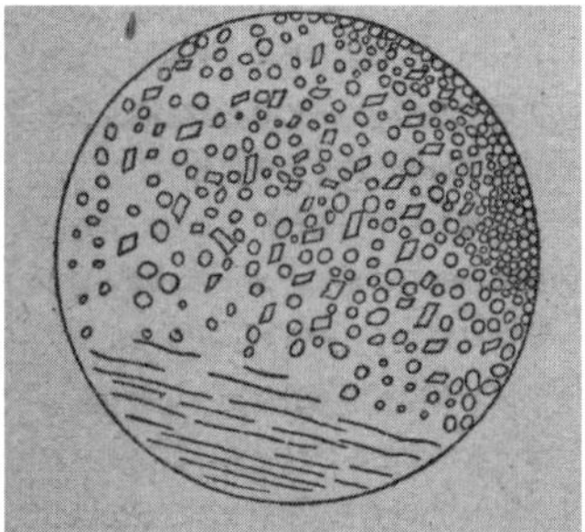

ヘマトイディン結晶

謨[29]，攪拌混合後放置在載玻片上，再以蓋玻片覆蓋，從邊緣處滴入冰醋酸。酸液浸透後，逐漸緩慢加熱，等待冷卻後，再用顯微鏡檢查，可以發現許多血紅素結晶[30]。

「第二件證物——附著障子格框上、類似血跡的物質，也使用前述的方法進行檢驗，只能稍微看到一些類似血球的東西，無法得出明確的結果。然而，以肉眼觀察附著的狀況，無論如何，我都相信這是血跡，只是物證上含有相對較多的灰塵。」

渡邊醫師語畢，深深地吐了一口氣。

15

渡邊醫師進一步說明。

「第三件證物——從廚房入口障子格框上擷取以後，按照前述方法做成樣本，再以顯微鏡進行檢查，結果雖不明確，但以肉眼觀察應該也是血痕。

「第四件證物——障子上染血的布片，雖然嘗試檢測是否有血液附著，但是附著的物質太少，無法獲得足夠的液體樣本進行檢測。

「第五號證物——台灣刀，上面確實有血跡，但由於混了鐵鏽，血球已經崩解，用肉眼比較的話，

29 【格魯兒那篤溜謨】即氯化鈉（Nartii Chloridum），明治時代的漢字表意。後文「格魯留那篤侕謨」使用相同譯詞。

30 【血紅素結晶】［ヘミン結晶］這段過程即為氯化血紅素結晶試驗。

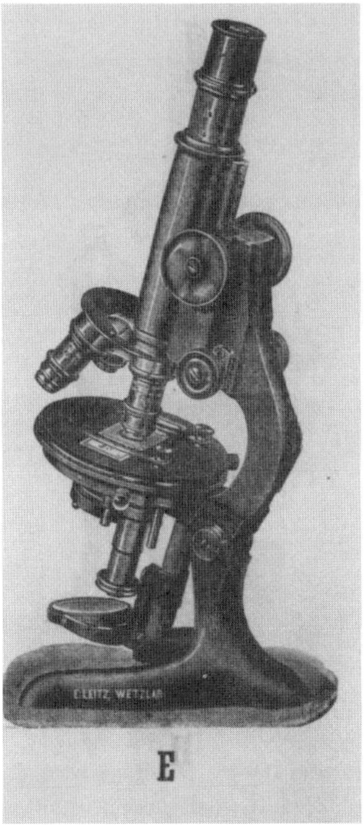

與其他物品沒有明顯差異。此外，還存在著一些血痕外的黑色棉狀物體，使用顯微鏡觀察，確認爲毛髮。

「第六號證物——日本刀的刀鞘，以顯微鏡檢查，只發現少量的血紅素結晶，但肉眼觀察也能明確判斷爲血跡。此外，刀鞘上還附著一些棉狀物體，含有毛髮、棉纖維，以及紅色毛布的纖維。

「第七號證物——條紋布塊，同樣發現了血紅素結晶，是血跡無疑。

「根據第一號到第七號全數證物的鑑定結果，除了第四號之外，其餘皆發現相同的血痕，而且，這些血痕都被判斷爲人血，因爲血球的形狀，它們與人血中由路德維克・泰希曼[31]博士所發現的血紅素結晶相同。

「此外，附著在第五號、第六號上的毛髮，與人類的毛髮完全相同。至於血液附著的時間，目前還無法輕易下定論，但除了第五號之外，其他的血痕並不老舊。」

聽完上述的詳細解釋，法官說：「原來如此，您辛苦了。如果確定是人血，那麼篠崎和田中兩人就非常可疑了。」

他向渡邊醫師致上謝意，表示這次的鑑定結果，將使篠崎和田中兩人有罪的可能性愈來愈高。

另一方面，苗栗辨務署小使命案的消息傳播開來，除了苗栗市區，範圍甚至跨及後壠、中港和新竹附近，大家都在交頭接耳地討論。

二月三日下午四點左右，有一名內地人來到苗栗辨務署前。

他穿著黑色的法被[32]及褲子，法被的衣襟上染有白色的字樣——新竹縣工夫[33]，這表明他是新竹廳雇傭的工夫。他穿著草鞋腳半[34]，一身輕便的裝束，自左肩朝右腰掛著一把刀。

31【路德維克．泰希曼】Ludwik Teichmann，十九世紀的波蘭法醫學家，曾任亞捷隆大學病理解剖學教授。從血紅蛋白中獲得的血紅素晶體，是檢驗血液是否存在的重要方法。而血紅素晶體又稱為泰希曼晶體，即是以他的姓氏命名。

32【法被】一種的和服上衣。具有寬袖或筒袖，長度至膝或腰。常見於工匠等職人的衣物。

33【工夫】從事土木工程類的勞工。

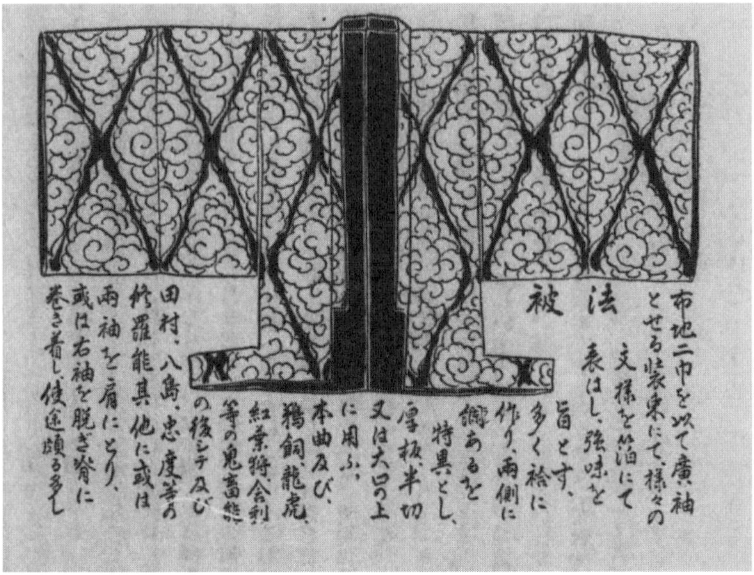

正當他剛進苗栗市街時，就遇到了辨務署的小使中島喜一。

中島看著這名工夫，感慨地說：「嘿，你是之前住在辨務署的新竹工夫吧？最近發生了一件大事，引起了很大的騷動，你應該也知道吧？」

聽到對方突然這樣問，工夫回答：「啊，對了，你就是那時候的小使吧。眞是太巧了。所謂的大事到底是怎麼一回事？我剛到苗栗，準備前往台中縣界，是爲了水災地區的工程和橋樑設計的事情……」

中島打斷他的話，說：「那麼，你還不知道那件大事嗎？其實，上個月三十日，辨務署的小使竹山被人殺害了，而署內的篠崎、田中兩人被認爲涉嫌，還遭到拘留了。不過，在這裡遇見你，可眞是太好了。記得之前的一月十六、十七到十八日那三天，你們一大群人曾經在辨務署過夜。那時候，你們當中有沒有人留下了一條沾血的舊手拭呢？」

「啊，是的，好像有這麼回事。」

「事實上，在你們睡覺的宿直所床下，發現了一條染血、上頭還寫著『田中』的舊手拭，這項物證成了涉嫌的關鍵，導致田中被拘留了。但是，因爲沒有更明確的證據，這件事就這樣懸而未決。」

「什麼？田中？如果說到田中，我也姓田中。」

「你也是田中嗎？」

「對，我的名字叫做秀一。」

「那麼，你記得留下手拭的事嗎？」

「現在想起來，好像確實是這樣。」

「那麼，那條手拭就是你的了。因爲這個原因，辨務署的田中先生遭到了拘留，眞是太可憐了。你最好去警察署一趟，澄清這件事。」

「什麼？就因爲我留下的手拭，田中先生被拘留了？眞是太遺憾了。好吧，我會去警察署爲田中先生澄清這件事。」

「你答應這樣做，眞是太好了，田中先生一定會很高興的。」

於是，兩人一起前往警察署。

34 【腳半】［脚半］又稱腳絆，在旅行或工作時，為了保護小腿而穿戴，通常由木棉製成的布料。

16

案情出現了驚人的意外。

從辨務署宿直所地板下發現的那條舊手拭，原本被認爲是田中令之與篠崎共謀殺害竹山的物證。

沒想到，那條染血的手拭竟然是其他人的東西。

此時，中島喜一和田中秀一兩人前往苗栗警察署，準備澄清手拭的眞相。

去程途中，田中告訴中島：「我和你一起去警察署，似乎不太妥當，看起來好像是刻意安排的，這樣不好。我自己一個人去就行了。就因爲那手拭上有田中兩個字，導致田中先生被懷疑殺害竹山，眞是太冤枉了。而且那個竹山，還是個年輕有爲的小伙子，我們住宿時他也幫了大忙。人的生命眞是無常啊。」

田中秀一對田中令之的冤屈表達同情，同時也對竹山的死表示哀悼。

隨後，他獨自前往警察署，爲辨務署小使命案提供新的證詞而向警方投案。

接待他的巡警立即通報了宇野法官。

法官正在思考是否有其他線索，尤其是在他準備離開、前往新竹之前，若有任何線索，即使微乎其微，對於審判的推進也將有極大的幫助。因此，他迅速安排審問投案者，將田中秀一帶到訊問室。

法官問：「關於這樁謀殺案，你說要提供新的證詞，到底是什麼呢？」

「我是新竹縣的工夫，直到前天，我一直都住在新竹縣的宿舍。昨天，我跟著石原技手前往台中縣界視察水災地的復原工作，今天才來到這裡。在路上，我遇到了苗栗辨務署的小使中島，他告訴我辨務署遭到小偷入侵，竹山被殺害，正在調查，而在地板下發現了一條寫有『田中』字樣的手拭，造成了辨務署的田中先生的困擾。

「聽到這個消息，我實在非常驚訝。我的名字也叫田中，這條手拭是我在今年一月十六日到十八日這段期間，在辨務署的小使室住宿時使用的，當時我不慎割傷了右手拇指，流了血，用這條手拭擦拭過，後來就把手拭丟在那裡了。我知道這件事對別人造成了困擾，所以我特地來通報這件事。」

聽完了手拭的概略陳述後，法官問：「所以，那條手拭完全是因爲你割傷了手指，於是用來擦拭血跡的，對嗎？」

「是的。」

「你之前在辨務署住宿的時候，和誰一起住？」

「馬場房吉、研光精孝、關野忠治、上妻源助這四個人，還有我，總共五個人。」
「這些人都是新竹縣的工夫嗎？」
「是的，他們都是工夫。」
「當時你們是爲了什麼事情而來？」
「是爲了進行水災地區復原工程的調查。」
「你們爲何選擇在辨務署住宿？」
「是石原技手安排的，他與辨務署聯絡，讓我們住在那裡。」
「你們住在哪一間房？」
「浴室北側廚房旁有一間小使室，外頭掛了兩張門牌的那一間。」
「你們五個人都睡在那裡嗎？」
「是的。」
「用餐時也在那裡嗎？」
「是的。」
「你爲何割傷了手指？」
「當時我用瀨戶燒製成的瓷勺盛飯，但飯太硬了，瓷勺斷裂，割傷了拇指……現在還有傷痕呢。請您看一下。」

法官爲了偵訊這起謀殺案的嫌犯，扣押了一條寫有「田中」字樣的染血手拭作爲證據之一，並認爲田中令之的嫌疑極大，因此，當法官接到現在的報案並未輕易相信，也許這是田中令之的朋友、或受他恩惠的人，爲了幫助田中，隨意捏造了聽似合理的故事，前來進行虛假的陳述。

然而，這次報告不僅內容非常明確，而且還出示了手指的傷痕。法官稍微有些動容，便試探性地檢查了田中秀一的手指，發現一個「く」字形的創傷，至今仍未癒合，還滲出了白色膿液。

17

宇野法官仍然存有疑慮，爲確認眞相進一步提出了各種問題。

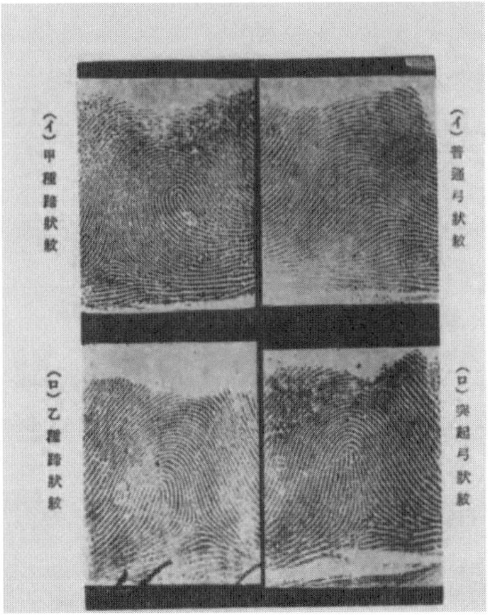

「你的手拭是什麼樣的手拭？」

「我記得在手拭的白色區塊上，寫著『田中』這樣的日文，也用英文寫了『S. Tanaka』。」

「『田中』和『S. Tanaka』都是用墨水寫的嗎？」

「是的，都是用墨水寫的。」

「除此之外，還有什麼特徵嗎？」

「文字的表面使用藍色染料染過。」

「字是你寫的嗎？」

「是的，是我寫的。」

「使用S是什麼原因？」

「我使用了我的名字秀一（Shuichi）的頭字母。」

「這條手拭是在哪裡買的？」

「去年十月，我還在神戶開港事務所工作時，曾經去淡路國[35]進行潮汐調查，到了那裡，我寄宿在岩屋竹代治助的家裡，這條手拭是他送給我當作茶錢的回禮。」

此時，法官展示了扣押的手拭。

「這就是你說的那條手拭嗎？」

「是的，就是這條。」

法官此時提高了聲音，語氣嚴肅。

「田中，如果你故意做出虛假陳述，未來會惹禍上身的。請你要做好這樣的心理準備，說出實情。你是不是受了誰的請託才做出這樣的陳述？」

「我所說的這些事……全都是真的。」

「但是，這難道不奇怪嗎？你從新竹來到苗栗辨務署前，剛好遇到中島，他剛好提到田中的手拭。這聽起來像是捏造的故事，你是不是被中島要求這樣做的？」

「正如我剛才所說的，中島問我是否知道辨務署發生了殺人事件，我回答說是第一次聽說，接著，他告訴我，篠崎和田中兩人被拘留，篠崎的刀鞘上有血跡，還發現了田中的手拭，於是，我想起我以前曾在那裡遺失了用來擦拭手指流血的手拭，因此，那條寫了田中的手拭肯定是我的，所以我才會來辨務署報案。我絕對不是受他人指使的。」

法官聽到這段明確的陳述後，總算相信了他的話。

35 【淡路國】［淡路の国］現為兵庫縣淡路島，是日本古代的令制國之一，又稱淡州。

然而，他仍心有疑慮，又傳喚了中島喜一。

「昨天有個叫做田中秀一的人，經過辨務署前時被你叫住了，是嗎？」

「對，是我叫住了他，告訴了他竹山的事情，他說他還不知道，於是我轉而向他解釋手拭的事情，然後他驚訝地說，那條手拭肯定是他的，他就來了警察署……」

「你怎麼知道有人因為手拭而涉嫌？」

「先前找到手拭而列入證物時，我被問到署裡是否有誰叫做田中，所以我心想該不會田中就是嫌犯吧，後來辨務署的田中被拘留，我才認為應該就是因為手拭。」

「那麼，辨務署的田中被拘留在這裡，你相信完全是因為手拭嗎？」

「是的，我確實這麼相信。」

於是，工夫田中秀一和小使中島喜一兩人的報案被正式受理了。他們的陳述毫無虛假，也沒有任何值得懷疑的地方。很顯然，那條手拭是田中秀一不小心割傷手指時用來擦血，然後不經意丟在床下的。法官搜索辦公室時發現了這條手拭，由於上面記著「田中」兩個字，才會將辨務署的田中令之以嫌疑人的身分予以拘留。

雖然事實已經非常明確，不能直接再把田中視為罪犯。然而，卻也無法立即釋放田中，因為縱使那條手拭並非田中令之所有，但這樣的情況也無法完全排除田中與篠崎共謀殺害竹山的嫌疑。再者，田中令之雖然一個月僅僅領取二十五圓的微薄收入，卻能在淡水亭大肆揮霍，還打算籌錢替情婦贖身，此一事實，使宇野法官對田中令之究竟有沒有犯罪，仍然感到迷惑。

18

爲解決這件小使命案，新竹地方法院預審法官宇野美苗、書記高木正名結束出差行程，帶著全部的證據離開苗栗回到新竹。同時，對篠崎吉治的偵訊也暫時停止。

返抵法院後，法官迅速召開預審庭，在正式審訊篠崎吉治之前，先訊問辨務署主記井野政雄。

篠崎吉治一開始在苗栗警察署的臨時預審庭上，曾堅稱自己並未殺害竹山，並表示對刀鞘上附著血痕的原因一無所知。然而，對於他的陳述，仍有一些尚未澄清的地方。

事件發生當時，篠崎曾大喊：「有小偷！有小偷！」井野政雄聽到叫聲後趕來，打算一起進入小使的房間。關於當時的情況，若能對井野進行更詳細的偵訊，不僅對嫌犯篠崎吉治的審訊大有幫助，也可能發現未知的意外反證。因此，宇野法官深具慧眼，決定先行偵訊井野。

「篠崎吉治與田中令之的共謀殺人案，現在要請你以證人身分接受偵訊，請你宣誓。」

「我明白了。」

「現在不用我再多加贅言了，你應該很清楚，對於我的訊問，你必須如實陳述。如果你爲被告辯護或隱瞞事實，將立即被追究僞證罪。請記住這一點。首先，我想問你，在三十日凌晨，苗栗辨務署發生了竊案，篠崎大喊：『有小偷！有小偷！』而你是第一個趕到的，對嗎？」

「我的住處是離辨務署最近的地方，那晚，我聽到好幾次有人喊：『竹山！竹山！』我被聲音吵醒，心想三更半夜的，到底發生了什麼事，接著，又聽見『有小偷！有小偷！』我發覺事態緊急，打開宿舍的窗戶，大聲詢問：『有小偷嗎？』但沒有聽到回覆。然而，篠崎大叫『有小偷！有小偷！』的聲音一直沒有停下來，我馬上趕到篠崎的房間看看。

「篠崎說，他叫了竹山好幾次，但都沒有回答，眞是太奇怪了，要不要打開房間？我也同意這麼做。所以我們打開了小使室的門，看到竹山面朝南方，也就是窗戶的方向，而他的後背滿是血跡。我說，他是不是被殺了？篠崎說要去報警，但他是值班人員，我說由我去吧，我準備出發時，其他人也到了，我告訴大家出事了，並且立刻趕去報警。」

「你住在幾號室？」

「十一號、十二號這兩個地方。」

「你一個人住嗎？」

「我和妻子還有一個女兒同住。」

「是你先醒來，還是妻子和女兒先醒來？」

「是我先醒來。」

「你趕到現場時，除了篠崎以外，有沒有其他人？」

「沒有。」

「你趕到現場時，篠崎人在哪裡？」

「我趕到現場時，篠崎剛從板間[36]往門口的方向走下來的樣子。那時我也很慌張，所以記不清楚，但我想應該是這樣沒錯。」

36 【板間】鋪有木質地板的房間。

「篠崎是從板間下來，再走到後門的土間？還是沒有從板間下來？」

「因爲是黑夜，我也很慌張，所以無法判斷。但當我走到門口時，我覺得篠崎好像是從板間下來的。」

「那篠崎有沒有走出門外？」

「當我趕到那裡時，我記得篠崎好像剛跨過後門的門檻。」

「那時篠崎有帶刀嗎？」這個問題，尤其是法官想側耳傾聽的。

「雖然是黑夜，但篠崎好像沒有帶刀。」

眞是太奇怪了！對於法官的問題，先前篠崎回答說他有帶刀，現在井野卻說沒有帶刀，究竟哪個是眞？哪個是假？如此一來，就更加難以查明刀鞘上血跡的來源了。

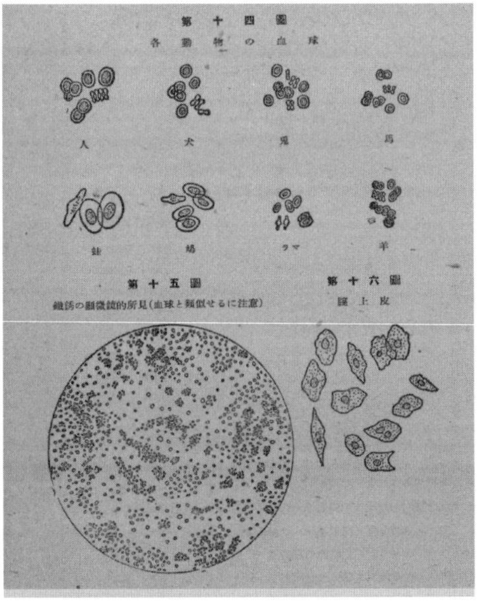

19

「因爲當時是深夜，我想篠崎應該沒有帶刀。」

宇野法官對井野政雄的回答極爲關注。

「當你和篠崎一起到了小使室時，你們一開始就進去了嗎？」

這個回答，對於查明血跡如何附著在篠崎所持的刀鞘上，是非常重要的答案。

「我們打開了門，站在外面，只是朝裡面看一看，一開始並沒有進去。」

「那麼，你的意思是你們兩人並排站在小使室門口外，看著裡面的動靜？」

「是的，就是這樣。」

「你們只是看了一眼，就知道竹山被殺了？」

「我看到棉被被捲起了，竹山右肩的背部都染紅了。」

「你看到了傷口嗎？」

「不，我沒有看到傷口。」

「你一眼就能確定那是血嗎？」

「我確定那是血。我當時認定，竹山肯定遇害了。」

「你或篠崎是否碰過竹山的身體還是其他物品？」

「絕對沒碰，只是看看而已。」

「你們兩人都只是看看而已嗎？」

「是的。」

「看完後，你們關上了門嗎？」

「關上了。」

「關門的人是誰？」

「是我。」

「你和篠崎一起去小使室看的時候，房門是關著的，但殺人凶手先把門關好以後再離開，這樣的行徑似乎過於大膽了。你當時的想法是什麼？」

「門是關著的。但是那是推拉門，也可能是自然關上的。我並沒有深入想過這個問題。」

「你報警回來後，篠崎人在哪裡？」

「我回來時，宿舍的人都聚在小使室前的走廊上了，但我沒有注意到篠崎人在哪裡。」

「當你趕到時，篠崎有沒有說小偷往哪裡逃走了？」

「他什麼都沒說，只說有小偷剛闖進來，但已經逃走了，然後話題就轉到竹山的事情上。」

「他有沒有說，闖進來的小偷是一個人還是兩個人？」

「他沒有這樣說。」

「你看一看，你認爲附在這個刀鞘上的東西是什麼？」說著，法官拿出從篠崎的宿直所扣押來的刀向井野展示。

井野凝視了一會兒，然後說：「這是我第一次看到這樣的東西，無法鑑定，我只覺得很怪異。」

「爲了慎重起見，我再問一個問題。當你和篠崎進小使室的門查看時，小使室裡有沒有『燈』亮著，讓你能分辨得出篠崎是有帶刀、還是沒有帶刀？」

「我和他只是一起看到了小使室裡的竹山，完全沒有注意到刀。」

「當你們兩個一起看的時候，你站在哪一邊？」

「我站在篠崎的左手邊，也就是靠近入口那邊。」

「總而言之，你的訊問暫時到此爲止。如果還有其他問題，我會再傳喚你。」

對井野政雄的訊問到此結束，稍作休息。

接下來，開始對篠崎吉治的審訊。

篠崎的臉色本就不佳，再加上遭到拘留，更加顯得陰森可怖，他那蒼白的臉上帶著血紅的眼神，令人覺得他不像是這個世界上的人。

法官注視著他的模樣，以沉靜的語氣說：「先前也問過同樣的事。你是否使用刀鞘碰撞過竹山？請你做出明確的陳述。」

「我是否用刀鞘碰了竹山，我已經不太記得了，但我有種模糊的印象好像我觸碰過。關於這件事，如果訊問井野政雄的話，就會一清二楚了。」

「我已經訊問了井野政雄，他聲稱，沒有人用手或其他物體觸碰過竹山的屍體。」

「即使井野政雄明白地這樣說，我到底有沒有用刀鞘碰到竹山，還是請再詢問他一次……」

「即使你沒有這樣的要求，我們也不會疏忽。我們已經調查了刀鞘，井野政雄一眼就看出竹山被殺了，但他說沒有人用手或物品接觸過屍體。篠崎，你有什麼看法？」

20

宇野法官朝篠崎的要害放了一箭，篠崎立即無言以對。

宇野法官的聲音提高，明確地說：「不僅如此，井野政雄沒有注意到你帶著刀。」

這時，篠崎抬起頭說：「不管井野政雄怎麼說，我確實帶著刀。」

法官凝視著篠崎抬起的臉，然後語氣變得溫和：「井野政雄不僅不記得你帶著刀，而且也聲稱沒有看到你用刀鞘碰過屍體。」

「我也沒有明確地說過我曾用刀鞘碰過屍體啊。」

「那你的說法到底是什麼？對於我的問題，你不能如此含糊其辭。你是知道自己碰過屍體，或者只是覺得可能是這樣？即使是笨蛋，也應該知道自己有沒有碰過屍體。刀鞘上原本就有血跡，你當晚使用的被單和穿著的睡衣上都有血跡。而且，你當晚所穿的

睡衣上，那些血跡並不是因爲摩擦或接觸留下的，因爲呈現了滴落的形狀。」

「被單上的血跡可能是小偷捲起時沾到的，睡衣上的血跡應該是因爲接觸過小偷而附上的。」

「你眞是在故作無知啊。你還是堅稱，血跡是接觸過小偷而附上的嗎？我現在告訴你實情吧。我第一次搜查你的宿直所時，就發現你穿著的被單、睡衣上都有血跡，這讓我認爲你有嫌疑。雖然我們當時並沒有用顯微鏡檢查，只是以肉眼判斷。不過，你現在所說的，那些血跡是因爲摩擦附上的，或者是因爲其他原因而附上的，我們都已經做過詳細的檢查了。

「當然，衣服和被單上的血跡只是少量的斑點，乍看之下不容易察覺，但仔細觀察就能明顯辨認出來。如果是摩擦附上的血跡，那麼血跡應該沒有動態的趨勢。摩擦的地方，通常會出現在固定的位置，例如衣服的下襬、袖口或袖子等處。而且，如果眞是摩擦造成的，那麼摩擦之處不會是隨機的斑點，而應該是拉長的痕跡。

「但你的睡衣、被單上的血跡並非如此，再怎麼看，形狀就像是被刀砍中造成血液四散飛濺，再附在表面上的模樣。難道你依然堅稱這是摩擦造成的嗎，眞是不可理喻的傢伙。」

「雖然血跡看起來像是飛濺上去的，但我不是殺害竹山的人，我不認爲會這樣飛濺。」

「那你現在認爲血液是飛濺上去的，但又說不可能飛濺，這不是自相矛盾的話嗎？」

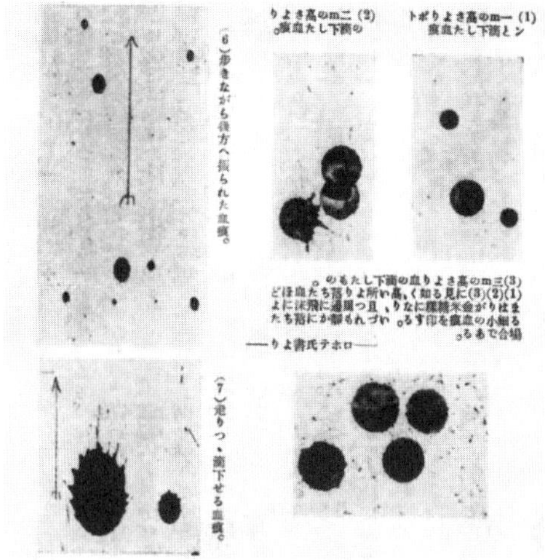

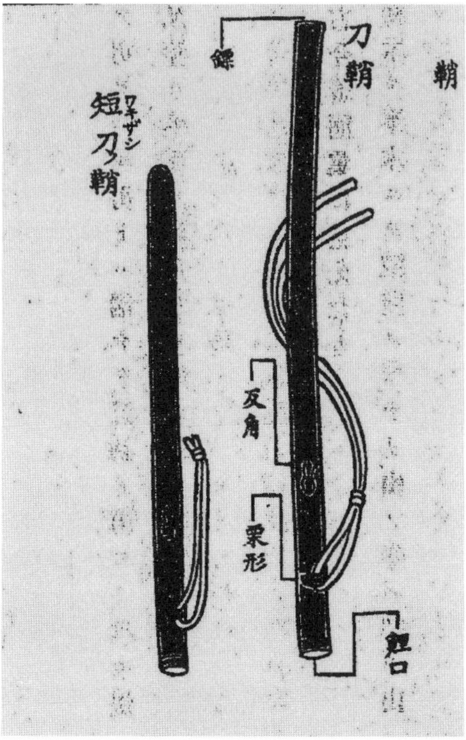

此時，篠崎再次無言以對，黯然低頭，沉默不語。

篠崎聲稱，自己曾用刀鞘接觸過被殺害的小使屍體，而證人井野政雄則表示，篠崎當時不僅沒有帶刀，甚至沒有進入房間。現在，篠崎又說自己的被單和睡衣上的血跡是因為摩擦屍體造成的，這些說法，變得愈來愈矛盾了。

21

預審的目的，是透過各種問題從表面、背面，甚至側面，設法了解被告人的內心世界。在某些情況下，法官可能會用假設性的問題，或者甚至是基於某種想像，來探索被告人的眞實意圖。因此，這樣的訊問會愈來愈深入，法官會特別注意被告人的舉止和言辭之間，是否有任何微妙變化。

現在宇野法官經過篠崎的審訊，看到篠崎沒有回答而顯得愁眉不展、低頭沉思，對於篠崎的懷疑，也變得愈來愈深。於是，法官繼續追問。

「在進行辨務署的搜查行動時，那把刀是放在宿直所的，那把刀的放置地點先前有沒有變更？」

「是的，那把刀當晚是放在宿直所裡的，但是在殺人案發生後，憲兵分隊長和警察署長都要求檢查，所以我就拿出來給他們看了，後來又放回原來的位置，搜查時也還放在那裡。」

「你說你去追趕小偷，追到哪裡去了？」

「從後門門檻出去，追到井戶[37]西方大約三間遠的地方。」

「你就是在那裡遇到的嗎？」

「是的。」

「但是，根據井野主記的陳述，當你衝過來的時候，你是先從板間走下來，再跨過後門的門檻，然後才遇到他的。」

「絕對不是這樣。」

「你說後門東邊的門是開著的，於是從那裡走了出去。但井野政雄卻證稱，西邊的門——也就是小使室的門是開著的。」

「不，沒有那回事。」

37【井戶】即水井的井口。

「縱使你固執地堅稱這樣的說法，你的話還是充滿矛盾。你可能認爲我是在冤枉你，但絕非如此。法官是追求公正的。如果你確實沒有殺人，你應該清楚地證明這一點。只是說沒有殺人是不夠的。我剛才提到了血跡的疑惑，然而，拘留你的理由還有很多。這不僅是我的看法，也是與苗栗警察署長榎田、同署的巡查山中一起推論後的結果。

「通常小偷會選擇方便逃跑的地方潛入。如果他們是從後門進來，應該會把西邊的門打開，而不是你說的，讓東邊的門開著。那裡有水瓶等雜物，不容易跳過去，不利逃跑，不是嗎？另外，當榎田警察署長到達時，後門的門閂是靠在角落裡的。你說這是小偷所爲，但小偷拿下門閂後整齊地擺好，這是很冷靜的行爲。如果是普通的小偷，把門閂拿下來以後，應該會隨手丟在一邊。根據我在職務上的經驗，這才是正常的情況。但這個小偷進來後取下門閂，然後就像是住在自己家裡，早上起床開門時把門閂拿下來，妥善地放在角落，這是不可能發生的。」

「你這麼說……我也不知道。」

「你追小偷時是赤腳嗎？」

「我的腳什麼都沒穿，是赤腳追出去的。」

「赤腳追趕後，你也同樣是赤腳進了宿直所嗎？」

「是的，我是赤腳進入宿直所後，才穿上襪子，以及這件衣服的。」

「請看這張被單。」

此時，法官展示了當晚宿直所裡的被單。

「我是穿著鞋子上去的，所以這些腳印應該是我的。」

「在驗屍時，檢查小使竹山的屍體，發現神經和動脈都被切斷了，被砍了兩刀，氣管也脫落了。我想，他被砍第一刀時應該會發出聲音，你有聽到那個聲音嗎？」

「我沒有聽到什麼聲音。」

22

法官繼續審訊：「你在小偷進入宿直所並打開門時，已經醒來了嗎？」

「我醒來時門已經打開了。」

「當時你有看到小偷的樣子？」

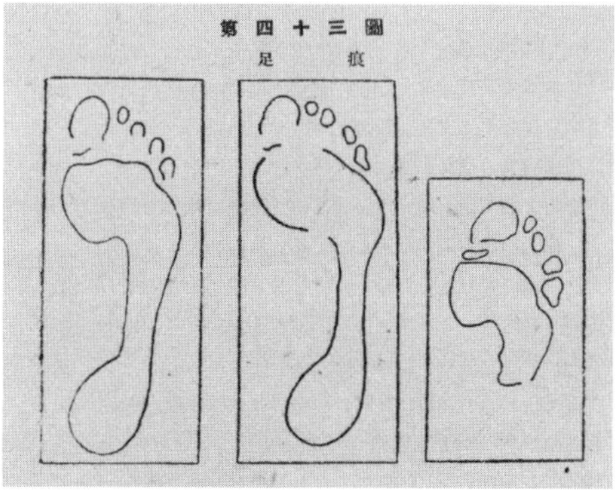

「沒有看到。」

「你呼喚竹山，因爲他沒有回答，於是你才打開門叫他，當時門是關著的嗎？」

「一開始我叫了竹山三四次，但他沒有回應。於是我打開小使室的門，又呼喚了三四次，依然沒有回應。但關於那扇門是緊緊關閉，還是輕輕地關著，我就不太記得了。」

「那麼，你不覺得很奇怪嗎？如果小偷眞的潛入了，會先把小使室門關好再進你的房間嗎？正常來說，不是應該在殺了小使之後，直接穿過你睡覺的宿直所逃跑嗎？」

法官的疑問，來自篠崎之前的回答——他說小偷從小使室進來，然後來到宿直所，並從東邊的窗戶逃跑。

「那是小偷做的事，我不清楚。當時小使室的門是否關上，我也不記得了。」

「你說你打開門呼喚竹山時，燈是亮的，但並沒有注意到竹山已經被殺，直到和井野一起查看時才發現，這聽起來不太可信。」

「因爲我心急追賊，所以沒有注意到血跡。」

「你呼喚了三四次，一眼就能看到的事情，怎麼會沒有注意到呢？」

「當我和井野一起進去查看的時候，我才仔細做了觀察，所以注意到了。但一開始打開門時，我太心急了，所以沒有注意到。」

「在井野去警察署報警到回來的這段時間，你人在哪裡？」

「井野剛出去報警沒多久，辨務署來了很多人，吵吵嚷嚷的，我不太清楚發生了什麼，但我一直在宿直所附近。」

「你剛才說被單上的血是小偷捲起來時弄上去的，你確定這是事實嗎？」

「實際上，宿直所的榻榻米上也有血跡，看起來像是被手推過的痕跡，所以我認爲即使小偷沒有進入房間，也可能是在捲起被單時弄上去的。」

「但根據你之前的陳述，你是在小偷開門時醒過來的，不是嗎？」

「是的，從血跡的情況來看，小偷可能沒有進入房間，但可能在外面捲了被單，甚至偷看到我的臉。但對於這個情況，我無法給出確切的陳述。」

法官從另一個面向提出問題：「你手上的刀是在哪裡買的？」

「在我離開故鄉時，我侄子坂入源十郎送給我的。」

「你是什麼時候離開故鄉的？」

「是在明治二十九年五月。」

「從那之後你有磨過那把刀嗎？」

「我和一個叫齋藤的人一起來到這裡時，我請他幫我磨過刀。」

「在那之後你就沒有再磨過刀了嗎？」

「後來就沒有了……」

「你有沒有經常保養這把刀？」

「我曾經有使用紙擦拭過，但沒有再磨過刀。」

「你用紙擦拭刀子，是什麼時候的事？」

「我不太記得具體是哪天，但我想應該是去年七月左右。有個朋友來，我在他拆除鉚釘重新安裝時，用紙擦拭了刀上被手觸摸過的地方。」

「只擦過一次嗎？」

「不，不只一次，擦了好幾次。」

「你有用那把刀砍過人嗎？」

「絕對沒有。」

「那麼，人以外的話，砍過狗、貓或其他動物呢？」

「從來沒有砍過。」

「那麼，你有沒有曾經把刀借過別人？」

「也沒有借過別人。」

「就像我們之前調查的那樣，上個月二十九日晚上，你所穿著的睡衣上也有血跡，而刀鞘上不僅有血跡，甚至還有頭髮附著，刀身上有砍人的痕跡。既然你沒有把刀借給別人，那麼殺害竹山的人似乎只能是你了，你有什麼解釋呢？」

宇野法官的詢問變得愈來愈嚴肅，篠崎的回答似乎已無法解釋這些證據。

23

當時，儘管篠崎表情和辭色非常激動，但他做出了非常冷靜的辯解。

「我不禁覺得很奇怪，爲什麼我的衣服和刀上會有血跡呢？但如果我眞的殺了竹山，那血跡應該不會只沾到衣服的前襟上，

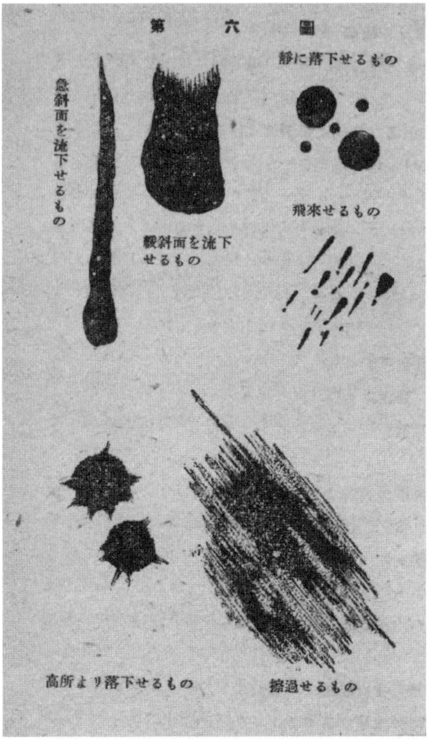

如果血液噴濺到房間另一邊，應該會沾到我的胸口或其他地方。但是，我把衣服和刀都隨便丟在房間裡，如果像法官所說的，我是殺人凶手的話，我不會把這些容易成爲證據的東西留在那裡，我會藏起來，我絕對不會放在那裡。

「還有，請您告訴我，我爲什麼要殺那個男人？您是不是也不明白呢？但您說的話卻太過分了。一般來說，要犯下殺人這種大罪，必須有很強烈的動機，但我與那位小使毫無恩怨，我想您也知道這點，但我還是提出這件事來，請您多作考慮。

「起初，憲兵分隊長和醫生、警察署長都來了，他們討論過受害者哪裡有傷痕，用小刀割開了受害者的繻袢[38]，也四處做過檢查。後來，警察署長說要檢查辨務署員的刀，所以身爲當晚宿直員的我，第一個遞出了自己的刀。可能是檢視官在檢查過程中，他手上碰到受害者的血液，沾到了我的刀上。我只是提出這件事來，請您多作考慮。」

「好吧，但即使你這麼說，我仍然知道事實並非如此。」

「如果我的刀被某人用來殺害小使，那麼，刀子上有動物血液也是合理的，但要說是我的刀上原本就有動物血液，這才是不可思議之事。」

「即使血量很少，你的衣物上有血跡，刀鞘上也有血跡，而且刀身上有砍人的痕跡，這又該怎麼解釋？」

「被這樣質問，我眞的感到身心俱疲。您說刀身和刀鞘上都有血跡。刀鞘上的血跡，正如我之前所說的，可能是我第一次進入小使室時，刀鞘不小心碰到了受害者的背部而沾上的。至於刀身上的血跡，那我眞的不知道該如何解釋了。」

「你的衣服上有血跡，即使只有一兩滴血，你要如何解釋？」

「如我之前所說，我去了受害者的地方，也去了檢查現場，所以可能是那時候沾上的。」

「但你也承認，你的衣服上之所以沾上血跡，並非因爲接觸有血跡的物品，不是嗎？」

「我曾經罹患過痲病、也生過痔瘡，所以有可能是因爲疾病而導致出血。雖然我不認爲會那樣，但也說不定。」

「這樣的出血，血跡會沾在衣服的前方嗎？」

「如果是在廁所換穿衣服，也許是會沾到的。」

38 【襦袢】和服用的襯衣。長襦袢穿在和服與貼身衣物之間，狀如薄長袍，與和服樣式相似，但無袂（袖袋）或衽（衣襟）。

「縱使你這麼說，如果是肛門出血，衣服的前面怎麼可能會沾上血跡？」

「我曾經患過痲病，所以可能是因爲這個原因。」

「儘管你提出了這些各式各樣的解釋，但考慮到你的睡衣上有血跡，刀身上有砍殺的痕跡，刀鞘上也有血跡，這只能表示若非你殺了人，就是你借給別人的刀，被借用的人用來殺人。」

「如果我殺了人，我一定會承認。此外，我還必須說明，那是去年的事，具體的日期我不太記得了。在某個月初時，有一次，支署的小使糸永新一郎因爲天氣熱而睡著了，我用刀背觸碰他的腹部叫醒他，當時他非常驚慌地醒來。那次我稍微割傷了手指。」

「所以你是說，無論如何，你完全不記得了嗎？」

「是的，我不記得了。」

篠崎的審問，最終未能達到其目的，法官認爲，篠崎堅持到底，不願吐露眞相。若無法獲得任何確鑿的證據，這次審判就很難繼續下去。

因此，他決定鑑定先前扣押的日本刀。

24

預審法官手中所扣押的日本刀，持有人是篠崎，這也是被視爲他與犯罪有關的重要物證。因此，法官針對這把日本刀，對篠崎進行了周密的審問。但由於篠崎的答辯曖昧不清，使得謎團變得愈來愈深，才決定鑑定這把日本刀。

然而，在新竹沒有合適的人選進行刀劍鑑定，因此特意從台北找來了刀劍鑑定專家。雖然台北是個百工百業、無一不備的城市，但合適的刀劍鑑定專家也很少。最終，找到了前陸軍磨工[39]赤星目之作和《臺灣日報》社員中川宗之介兩人。這兩人雖然不具備刀劍鑑定的專業，但被公認眼睛有足夠的辨識力能進行鑑定。

新竹地方法院直接委託這兩人進行刀劍鑑定，並通知他們需要到法院報到。於是，赤星和中川兩人立刻前往新竹，按照法官的指示與新竹警察部的柿崎干城一起鑑定。

這三人的鑑定結果具體如下。

39 【磨工】明治時代初期，出現大量的新型醫療器材，醫院遂聘雇磨工進行維修保養，隨著軍隊的裝備日趨精密，軍隊開始在醫療隊中配置磨工卒，昭和初年更名為磨工兵，後又與看護兵合併為衛生兵。

鑑定書

明治三十一年二月六日在新竹地方法院預審庭上，依據同地方法院法官宇野美留先生的命令，對篠崎吉治等一名涉嫌謀殺的被告事件進行審理，需要對事件物證的日本刀進行鑑定。鑑定的目的是確定刀身上是否有殺人的痕跡，以及若是有殺人的痕跡，則必須鑑定其發生時間。

這把刀已經提交，必須進行如下鑑定。

鑑定的方法和理由

一、提交的刀是備前[40]的中古刀，總長（不包括刀身）爲一尺八寸九分，無刻銘，但等級屬於業物[41]。刃部有小濤瀾紋[42]、刀尖有小鋩子[43]、刀身帶有鎬形[44]。

二、以燈泡照耀刀身，可以找到刀身上有幾個暗沉之處，爲了確認是否爲曾經斬殺過人體而有脂肪附著而仔細檢查，鑑定結果發現，這並非沾上手垢或切割竹木而造成的，而是斬殺動物或脂肪密度最高的人類所導致。

三、對著刀身吹氣，觀察氣息散去的速度，可見刀身上因氣息而變白、產生暗沉之處，其中帶有點狀的潮濕區域，這無疑是因爲有黏稠的脂肪附著所致。

根據上述鑑定方法，爲了避免誤判，仔細觀察刀身的正反兩面，如另附圖所示，發現刀身從刀尖下方三寸四分的地方深深切入肉體並觸及骨頭，雖然痕跡不太明顯，但依然可以辨認。此外，在該處刀身的正面有三條劃痕，足以證明刀身碰觸到骨頭。同樣，在刀尖下方九寸五分的地方，刀身的背面有明顯的持刀斬擊痕跡。

殺人的時間點

一、如前所述，刀身上附著的脂肪並未造成鏽蝕，因此鑑定推斷的殺人時間應該是以今天爲基準點，往前推算數天內，而不是更久遠的時間。

新竹地方法院的預審庭上

鑑定人　柿崎千城

同　中川宗之介

40【備前】備前國是日本古代的令制國之一，又稱備州，現為岡山縣東南部及兵庫縣赤穗市一部分。

41【業物】即具備利刃、由名匠打造的刀劍。

42【濤瀾紋】刀劍的刃面上在淬火（快速冷卻）過程所形成的刃紋，主要分為直線型的「直刃」、如同圍棋棋子排列的「互目」、如同植物果實串接的「丁子」、紋理波動明顯的「灣」四種。江戶時代活躍於延寶年間（1673—1681）的刀匠「津田越前守助廣」所創，稱為「濤瀾亂刃」，表現出猛浪翻騰的景象，刃面即為濤瀾紋。

43【鋩子】刀尖下端刃線較為圓潤之處，又稱「帽子」。

44【鎬形】突出於刀身側面的筋線，能使刀身兼具輕、薄、強固的特性。

同　赤星目之作

新竹地方法院預審法官宇野美苗先生

根據鑑定家柿崎、中川、赤星的鑑定結果，確認篠崎所持的日本刀上有砍人的痕跡，法官獲得了不容忽視的鐵證。篠崎再怎麼佯裝平靜，藉以掩蓋事實，如今也無法得逞了。

法官在獲得上述鑑定書的次日，決定繼續審問篠崎。

「之前也問過很多次了，你卻不斷聲稱，刀身上的血是由於小使切到手指之類的事情。但是，請你還是仔細看看這份鑑定書吧。三位鑑定專家，一致作出了這樣的鑑定，你現在應該無話可說了吧。你最好是冷靜下來，仔細思考整個事件的前因後果。」

說著，法官將鑑定書遞給篠崎。篠崎接過來，似乎無力地翻閱著。

「我明白了，但無論如何，我沒有殺人。」

「你說你沒有殺人？那麼爲什麼刀身上有砍人的痕跡，而你的衣服和刀鞘上又有血跡呢？回答這個問題。」

「我不知道。」

「只是說不知道，那就無法讓人理解，好好想想再回答吧。」

「即使您這樣認定，我也絕對不記得。我怎麼也想不起來。我只是說過，可能是醫生檢查時碰到了，或者是小使切傷手指時的血沾上的，除此之外我眞的想不起來了。」

「等等，你這樣的回答前後矛盾，之前你說是檢視官的手碰到刀身所以沾上血，現在又說是醫生碰到的，這究竟是怎麼回事？」

面對如此追問，篠崎稍顯猶豫，像是陷入了深深的困惑中。

25

根據刀劍鑑定人柿崎、中川、赤星的鑑定，篠崎使用他的刀殺害小使竹山，此一事實已經無法掩蓋了，然而，篠崎仍然固執地重複著同樣的話。因此，無論法官如何認定篠崎就是凶手，只要被告本人仍然否認，就無法做出定論。於是，開始了第三次的審問。

法官持著鑑定書，態度堅定。

「你一直堅稱自己不知道，但有這樣一份完整的鑑定書在，你的任何辯解似乎都是無效的。看起來，殺害小使的人應該就是你。」

「怎麼可能呢？無論我身上有多少嫌疑，我絕對沒有殺害小使的記憶。如我之前所說，我對小使竹山沒有任何怨恨。沒有怨恨，我怎麼可能做出這麼大膽的事情呢？」

「你看起來像是個相當大膽的人。你曾經說，殺人是需要很大的決心，但人在精神錯亂的時候也會殺人，並不只有基於怨恨。有時候是出於貪婪，想要奪取金錢，或者是爲了隱藏自己的惡行，害怕被揭露而殺人。」

「我已經多次說過，當時我正在睡覺，被聲音驚醒後發現有小偷闖入，所以才起床的。如果刀上有砍人的痕跡，那可能是在我睡覺時，小偷用我的刀砍傷了人。」

「你還打算說這種不清不楚的話多久呢？從外面潛入的小偷，不可能使用屋內正在睡覺的人的刀來殺人。如果有人眞的打算殺人，他們一開始就會準備好自己的武器。」

篠崎默不作聲，沒有回答。

法官繼續追問：「因此，如果是你犯下的罪行，那麼你一定有殺人的原因或理由。你應該清楚地陳述事實，盡快接受處分，不是更好嗎？」

「即便您這麼說，我也無法承認一件自己完全沒有記憶的事情。」

「但那只是因爲你固執。作爲一個男人，最好是坦白認錯。」

「無論您怎麼說，我就是不知道，我也沒有辦法。然而，關於刀身上的血跡引起的懷疑，我再次回想了一下，想起了一件事，我希望可以提出來說明。」

「這回答眞是令人意外。」法官稍微端正了一下姿勢。

「去年十一月十五日左右，當乃木總督閣下巡視管轄範圍時，我陪同辨務署長到了一個叫獅潭的地方。在路上，我所搭乘的轎子有繩子需要修理，轎夫請我用手上的刀割斷多餘的繩子。我一不小心割傷了轎夫的右手手背，傷口長達一寸，雖然我無法確定傷口有多深，但似乎相當嚴重。我愈想愈覺得，刀上的血跡可能就是那時候留下的。」

然而，法官立刻駁斥了這個說法。

「鑑定書顯示的，並不是你所說的舊血痕。」

26

篠崎解釋：「正如我之前所說，如果我擦去血跡，別人就不會知道，所以沒有理由把刀放在那裡，更不用說是殺了人的刀。關於衣服，您已經看過，被害者被殺的房間裡到處都是血跡。如果是我殺的話，不可能只有少量血跡。我穿著那件衣服大喊有小偷，等人來了才脫下放在宿直所，這是因爲我內心沒有任何愧疚。」

「你說不會把用來殺人的刀和穿著的衣服放在宿直所，但如果把它們藏在別處，反而更容易留下蛛絲馬跡。因此，你大膽地擦去刀上的血跡，裝作什麼都不知道，把刀放回宿直所。這是犯罪者爲了掩蓋眞相而表現得若無其事的常見手法，正所謂『做賊的喊捉賊』。不管你怎麼強硬地否認，你手上的刀上有新的殺人痕跡，衣服和刀鞘上都有血跡，這都表明你是凶手。」

「無論您說什麼『做賊的喊捉賊』，我都不會用我的刀殺人。」

「無論你怎麼說，情況都是一樣的。」

「因爲我的內心沒有任何愧疚。」

「但這樣的答案，似乎沒有回答問題吧？你所穿的衣物上有血跡，你的刀鞘上也有血跡，而且你的刀身上還有殺人的痕跡，所以你無法否認你殺了人。」

「但我還是要說，我沒有殺人。」

「但是，如果你沒有殺人，那你的刀上爲什麼會有新近殺人的痕跡呢？」

「我不知道刀上爲什麼會有殺人的痕跡，但如果血液眞的像你說的那樣四處飛濺，那我的衣服上的血跡不可能只有一點點。」

「那你必須解釋血跡怎麼會只有一點點。」

「血液是不可能只有一點點的……」

「那你就無法解釋了。」

「……」

「因此，正如我之前多次提到的，如果你確實殺了人，現在已經沒有其他去路了，你應該坦率地說明你的殺人動機，直接承認你殺了人。也就是說，坦率地承認你有理由殺人，對你才是上策。如果你眞的殺了人，事實也都完全揭露了，你就沒有必要再做任何隱瞞了。相較於沒有解釋殺人的理由而接受刑罰，更好的做法是，明確地解釋你爲何殺人，並且接受刑罰。」

「無論我是有意的，還是無意的，再怎麼問我，我都無法承認我所不知道的事。我知道，我這樣說可能很過分，但法官先生您似乎已經決定我就是犯下這項罪行的罪犯了，而既然您預設我是凶手，我的辯解對於這場審判來說，似乎毫無用處。不僅如此，我的辯解似乎還增加了法官的疑惑。

「法官不斷對我提問，說我的刀子上有殺人的血跡，我的衣服和被子上也沾有血跡，以此作爲判斷我是殺人凶手的依據。但我仍然希望能進一步調查其他方面，或許會找到其他的罪犯。如果現在不迅速行動，證據可能會被湮沒。法官您認爲我所說的話毫無辯護的意義，但除此之外，我沒有其他回答的方式。如果您調查一下我的日常行爲，您就會明白我是否是一個會做壞事的人。

「我在明治二十九年六月初渡台，於同月二十三日受聘於苗栗支廳，月薪三十圓。由於明治三十年的官制改革，苗栗支廳被廢除，因此我被任命爲新竹縣辨務署的書記。照顧我的是台中的書記官橫堀三子先生。在任職期間，我沒有犯過任何錯誤，也從未與人爭執或招致怨恨，橫堀先生對此非常清楚。我怎麼可能做出殺人這樣的事情呢？」

篠崎的言詞激烈，但毫無怯意。

於是，法官的態度變得更加堅定。

「你實際上是一個深藏不露、膽大妄爲之人。在你認罪之前，我下令將你監禁在密室裡，請你好好想一想。」

27

終於，篠崎吉治被監禁於密室之中。

密室監禁的目的，是爲了避免刑事被告人隱瞞事實，進行虛僞陳述，從而無法查明事實眞相。這種做法，本意是爲了懲戒被告，因此，這種牢房與其他的牢房不同，其空間僅足以讓人蹲下，即使是白天，也處於一片漆黑之中，仰頭想看也看不到，想站立也做不到，宛如生活在地獄中。即使是最大膽無畏的人，一旦被關在這樣的密室裡，也難以忍受痛苦，終究會屈服於這種折磨，最終坦承罪行。

密室監禁制度，起初從美國開始實施，原因是普通囚犯共處一室時，可能會相互影響，染上惡習，出獄後更可能犯下重罪。因此，區隔出不同的牢房，作爲一種避免這類問題的手段。然而，意外的是，進入這種牢房的囚犯，接連有人上吊自殺或撞頭自盡，這種制度帶來的負面結果，最終導致制度遭到廢除。

密室監禁通常長期爲三週，短期爲一週，多數囚犯在這種憂慮的環境中最終會坦承。因此，預審法官對篠崎吉治下達了密室監禁的命令，心中預期即便是篠崎，也會在一週內坦白眞相，而耐心地等待那一天的到來。

另一方面，苗栗第九憲兵隊第三分隊屯所上等兵飯島勝太，與宇野法官在苗栗街外找到了一把台灣刀。宇野法官深入詢問了有關這把台灣刀的情況，並慎重託付了飯島，飯島心想，我一定要找出罪犯。因此，即使宇野法官已經離開苗栗回到新竹，飯島仍然專心致志地進行此事。

在宇野法官前往新竹的那天，飯島穿上和服，獨自前往辨務署，詳細聽取了犯罪發生時的情況，並查閱了警察署長的報告。依據篠崎的描述，他詳細地調查。他認爲，如果小偷是從外面闖入的，那麼他們很可能不是內地人，而是本島人，因爲內地人不太可能藏匿台灣刀。

於是，飯島前往篠崎提到的，小偷闖入的小使室後門，雖然已經過了一段時間，現場情況可能有所改變，但他在小使室的榻榻米上發現了一些泥巴碎塊，似乎是小偷的足跡。他還發現，篠崎提到的東側窗口，那裡殘留著輕微的足跡，似乎是小偷逃跑時留下的。從窗戶跳出去的地方，草叢中有明顯被踩踏過的痕跡。

他懷疑，小偷可能眞的從窗戶逃出，然後踩過這片草地逃離此地。這進一步說明了，小偷可能是從小使室的後門進入的。

爲了進一步確認，飯島繞到辨務署的後面，發現辨務署的後門是以木頭圍欄封住，而且在那晚是關閉的。飯島懷疑，小偷可能翻過了這道圍欄逃走，於是，他仔細地檢查圍欄周圍。在圍欄的南側下方，他發現了一塊黑色的中國布，這塊布寬約一尺，長爲一尺多，看起來像是被手撕裂的。

由於這塊布掉落在牆底下，提高了小偷從這裡逃逸的可能性。

28

飯島勝太注意到他腳下有一塊烏黑的布片，他撿起來仔細觀察，發現這塊布與之前他撿到的台灣刀上的柄部包裹的布片毫無差異。這進一步確認了犯下殺害小使的小偷，必定是那台灣刀的所有者，並且很可能是本島人。

然而，這還不足以完全揭露整個犯罪的眞相，因爲這名本島人與被殺的小使竹山之間似乎沒有明顯的關聯。爲了進一步調查，飯島決定面見竹山生前最密切的同事，也就是辨務署的另一名小使中島喜市，以獲取更多的線索。

「我正在調查竹山的謀殺案。關於這個案子，我想向你詢問一些事情，希望你能毫不隱瞞地坦白告訴我。這麼一來，我們或許能找到一些線索。對你來說，這也應該是一件好事。畢竟，和你朝夕相處、共同生活的人被殺了，若能早日找到凶手，你的心情一定會舒坦一些。所以，請你詳細地回答我提出的每一個問題。」

在飯島再三強調下，中島小使回答：「這絕對沒問題，我會盡我所知告訴您，但據我所知，犯人應該是篠崎先生和田中先生兩位，他們現在不是在新竹接受調查嗎？說真的，我們都不認爲他們會殺人，但這畢竟是官方的事，我們也只能保持沉默了。

「篠崎先生平時是個非常溫和的人，從來沒有和任何人發生過爭執，不論是對竹山還是對我，他都從未發過脾氣。我不知道最後的判決會如何，但我們都認爲殺害竹山的凶手應該還逍遙法外。我說這樣的話，可能有些冒犯，但請您不要介意……」

「請別多慮。我也認爲凶手並不是篠崎和田中兩位，而是另有其人。請問，你是從什麼時候開始在這裡擔任小使的呢？」

「我記得是從去年九月八日或九日開始的。」

「那你之前在哪裡工作？」

「一直到去年九月四日爲止，我在新竹地方法院擔任廷丁。」

「爲什麼辭掉廷丁的工作呢？」

「因爲辨務署的工作條件稍微好一些，所以就來了。」

「你開始在辨務署工作，是誰幫忙介紹的呢？」

「在苗栗的新竹醫院分院有一位叫宇野的會計課職員，我拜託他幫忙，還有一位在分院做小使的清水，我也請他協助，如果有工作機會的話請讓我知道。後來，他們告訴我辨務署需要小使，所以我就過來了。」

「你有妻子嗎？」

「是的。」

「你有沒有向竹山借過錢？」

「有的，我向他借了兩圓。」

「你是什麼時候借的？」

「我記得是今年一月中旬左右。」

「那麼，你還沒有歸還是嗎？」

「是的，還沒有還。並沒有立借據，但我們告訴過竹山的親戚這件事。」

「你說的這位竹山的親戚是誰？」

「我認得他的臉，但不知道他叫什麼名字。」

「對了，該不會就是那個在竹山被殺的前一晚，到竹山家裡拜訪的男人吧？」

「對，就是他。」
「那個男人大概幾歲？」
「快四十了。」
「他現在從事什麼工作？」
「他現在在南苗栗的一家甜點店工作。」
「在你向他借那兩圓以前，你有沒有向他借過錢？」
「我從來沒有借過。」
「只有借過這一次嗎？」
「是的。」
「你借錢是有什麼急用嗎？」
「我家的人口很多，家裡和外頭都有孩子，有時候月薪不夠用，爲了生活才借了錢。」
「竹山被殺的那晚，篠崎是不是請你去買甜點？」
「對，我去買了。」
「你去買甜點的時候，竹山在嗎？」

吃了。」

「那時他不在。」

「那麼，篠崎有沒有把那些甜點給你？」

「他給了我五份甜點，說是要讓我們兩個一起吃，等到竹山回來，我們兩個就一起

「你們是在哪個房間吃的……」

「我們是在竹山被殺的那個房間吃的。」

「那是竹山經常待的房間嗎？」

「是的。」

「篠崎拿請你買的糕點給你吃的時候，竹山已經回來了嗎？」

「我想，那時候他還沒有回來。」

「你是在那間宿直所等竹山回來嗎？」

「是的。」

「那時竹山像不像是喝過了酒？」

「他說他回來前吃了炒麵，但沒有說他有喝酒，看起來也不像是喝了酒的樣子。」

飯島以偵探的眼光更加細膩地提出問題。

29

飯島繼續問：「那麼，你在那個房間裡聊天，一直待到幾點呢？」

「我們聊天，也讀了小說。」

「那天晚上輪到誰值班呢？」

「輪到我。」

「那你爲什麼沒有留在宿直所呢？」

「即使輪到我值班，只要我有把工作做好，就不必兩個人都留宿在那裡，所以通常是竹山一個人睡在那裡，而我就回家了。」

「辨務署那邊有沒有說即使輪到你值班，你也可以回家睡覺呢？」

「檯面上是沒有說可以這樣做，但只要事情辦完了，誰留宿都是一樣的。所以，只要有一個人睡在那裡就可以，因此我就回家了。尤其是從一月初開始，當時有三個小使，其中一個小使和竹山總是睡在那個房間。他們都是單身，而我有家庭，所以只要事情辦完了，即使是我值班的日子，我也會拜託他們幫忙再回家。後來，只剩下我和竹山兩個人時，我偶爾會留宿，但如果家裡有事，我就會先跟他說好再回家。」

「三位小使裡，還有一位叫什麼名字？」

「他叫榮田辰平。」

「現在他人在哪裡？」

「他現在在新竹郵便局做送貨員。」

「是他自己辭職的，還是被辭退的？」

「一開始是他自己提出辭職的，但聽說當時因爲人手不足，對於這種不願意幫忙、態度不友善的人，辨務署認爲不應該再雇用他，於是就讓他離開了。」

「他的年紀多大了？」

「十九還是二十歲。」

「竹山在辨務署的同事之間風評如何？」

「是的，他很受歡迎。」

「有沒有人特別討厭竹山，總是說他的壞話？」

「沒有，我完全沒聽說。」

「他是個好人嗎？」

「是的。」

「既然你和竹山一起住過，你應該知道他不好的地方吧？」

「我沒有感覺到有什麼特別的問題。」

「說到這個，沒有人會無緣無故地殺人。即使是好人，每個人也都有某些缺點。你有沒有注意到竹山有什麼缺點？」

「如果眞的要說，他做事有點馬虎，可能可以算是他的缺點。但我認爲這是因爲他年輕。」

「你有沒有對竹山印象深刻的事情？」

「是的，雖然他年紀輕輕，但他喜歡和成年人交往，這點讓我印象深刻。」

「他花錢的方式怎麼樣？比一般人節省嗎？」

「是的，他比一般人更節儉。」

「他的錢都是怎麼使用的？」

「他經常把錢寄給老家。」

「寄回去給父母嗎？」

「是的。」

「之前署長說過，他一日三餐中有兩餐會吃番薯，是爲了省錢寄給家裡的，是這樣嗎？」

「鹿兒島的人經常吃番薯，竹山也說他喜歡吃番薯，經常買來吃。有時候，他甚至會用煮熟的番薯代替米飯。」

「在辨務署外面，他有沒有特別親近、經常往來的人？」

「他好像不常外出的樣子，偶爾會去郵局。」

「你有沒有聽到爲什麼竹山會被殺害的原因？」

「完全沒有聽說。」

「你個人的看法呢？」

「我原本也以爲是小偷闖入殺了他，但警方說，不是小偷闖入，而是辨務署裡的人殺的。聽說警察的偵查角度和其他人不同。」

「那麼，會不會是篠崎殺的？你有聽到這樣的傳言嗎？或者，關於竹山被殺的原因，比如他之前和人吵架了，出於怨恨被殺，或者有其他的仇恨，導致他被殺的情報？」

「我眞的一點頭緒也沒有。」

照這樣下去，飯島苦心想要查明的事情幾乎毫無效果，他完全無法找到與小偷相關的線索，事情也變得愈來愈複雜了。

「那麼，如果不是篠崎，而是其他人從外面闖進來殺了竹山，一定有導致竹山被殺的原因。和竹山一起住的你，不可能一點都不知道。我在這裡發現了這塊布片，關於這塊布片，你有沒有什麼頭緒？我認爲凶手一定是台灣人。

「如果你有任何頭緒，希望你能告訴我。你也一定覺得竹山被殺很可憐，想要盡快找出凶手吧。如果竹山是個壞人，那麼也許就不會有人這麼想念他。但他是個好人，不是嗎？」

飯島試圖對中島動之以情，藉以查明事實。

30

中島小使說：「無論如何，他畢竟是跟我一起生活很久的人，我不可能像對待陌生人那樣對待他。我希望能盡快找到凶手，但是，目前只有篠崎先生和田中先生兩人被懷疑是凶手，除非有確鑿的證據……不過，根據您剛剛所說的話，凶手的確有可能是台灣人，竹山遭人謀殺，實在是太令人無法理解了。

「我之前也聽過很多殺人事件，但像這次的情況還是第一次。這話怎麼說呢？因爲，竹山只是一個十六、七歲的小使啊，他並不是那種會被憎恨或討厭的人，他的個性很溫順，在辨務署裡也很受歡迎，不是那種會企圖去做壞事、膽大妄爲的人。」

「然而，無論是如何無法理解，他既然已經被殺了，也是無可奈何。就像你說的，竹山並不是那種會被人怨恨的人，也不會去策劃壞事，只是單純地被殺害了。但這不可能是無緣無故的，現在這個時代，不會有人隨便試刀砍人。竹山雖然還是個孩子，但也十六、七歲了，也可能會涉及女性關係之事。

「可是，根據你的說法，他似乎也不是那種會迷戀女性的人。你和竹山一直在一起，住在同一個房間，值班時甚至睡在一起。這樣的關係，你應該會注意到他的一些異常行爲。我認爲，你一定會留意到什麼事情。請你仔細想想，無論是什麼，只要是你心裡想到的，請不要隱瞞，坦白說出來。」

「您所說的這些話，我都知道，我會坦白告訴您我所知道的一切。」

「嗯……」小使中島頻繁地搖著頭說：「我真的很困惑。就像我現在告訴您的，法官那邊懷疑是辨務署的人殺的，也有可能是外面的小偷闖入……但無論哪種情況，我認爲小偷很可能是非常熟悉內部情況的人。爲什麼這麼說呢？因爲被殺的竹山所在的那個房間，雖然是小使的房間，但實際上是竹山常用的起居室。

「因此，當我值班時，我會睡在前面的房間，因爲兩個人睡在同一個房間是不必要的，竹山經常對我說：『你值班的時候，早點回去休息吧！』即使我值班，竹山也會獨自在那個房間。所以，知道這一點的人可能是凶手。此外，辦公室的門鎖並不是特別嚴密，後門只是用門閂鎖上，所以我覺得肯定是熟悉這些情況的人。但這樣一來，篠崎和田中就顯得特別可疑……我眞的不知道該怎麼辦了。實在是不明白啊，但我可以肯定的是，竹山絕對沒有玩女人，這點我保證。」

經過反覆詢問，談話仍然像捕捉雲朵一樣模糊不清，沒有確切的線索。

對中島的偵訊暫時結束，熱心的偵探飯島轉而拜訪了鳥居辨務署長，告知了偵查的必要性，並開始檢查竹山持有的物品。這些物品現存放在小使室的壁櫥中，之前由法官和警察上了封條。飯島開始檢查這些被上了封條的物品，這是偵探所被允許的，無需取得法官的許可。

檢查中發現了琉球絣[45]棉衣、羽織[46]、三件單衣、兩件縮緬[47]襯衫、黑色腹帶、《日本外史》六本和十封信件。這些信件看起來都是來自內地親人那裡的回信，大多是關於收到寄來的錢的確認，仍然沒有任何明確的線索。

31

儘管飯島憲兵熱心地追查，最終仍未能找到凶手的任何線索，這讓他感到了一絲失望。

他思考著，如果連這些努力都無法找到什麼結果，那麼對法官來說，這無疑是一種失敗。在完成對死者竹山畩助個人物品的檢查後，飯島憲兵開始考慮改變方向。

45【琉球絣】產於沖繩縣的織物，主要使用絲線製成，特色為採用草木等自然物所製的染料，以沖繩自然景觀、動植物為圖樣。最早起源於十四世紀，首里王府畫師依據宮廷畫冊設計製作琉球王國的貢納布。

46【羽織】穿在長和服外、有衣領的短外套，由戰國時代的武士防寒衣物演變而來。

47【縮緬】日本特殊織法，一種經絲無捻度、緯絲強捻度，以製造表面細緻紋路的絲織品。

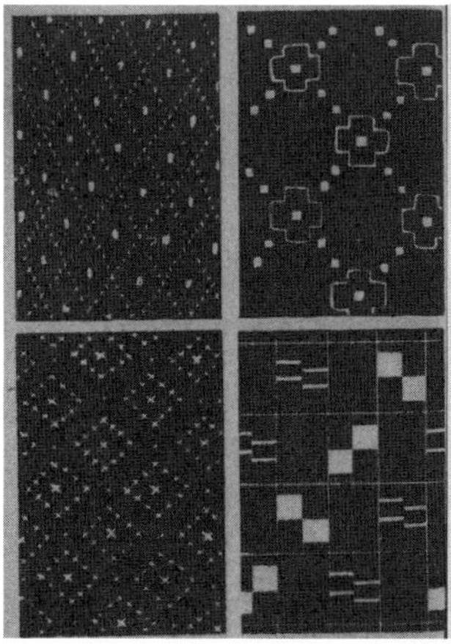

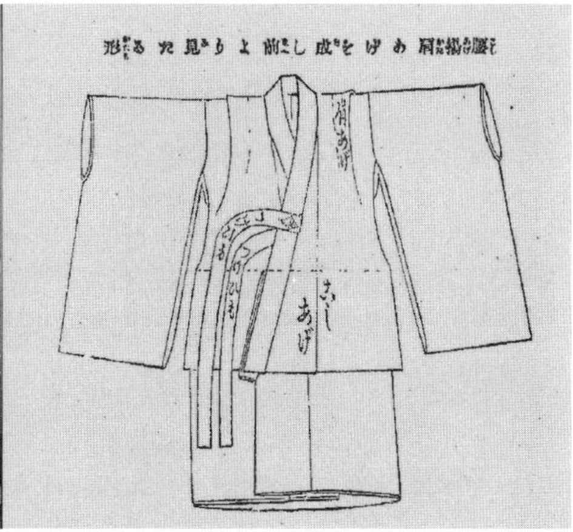

就在這時，一個想法突然出現在他的腦海中。

飯島想起苗栗街辨務署附近的一家本島人蕎麥麵店。

他記得，在竹山被殺的那晚，竹山曾去那裡吃了麵。他想知道，那晚是否有任何重要的線索或訊息。特別是，他想知道竹山是否獨自去那裡，還是有其他人陪同。

於是，飯島走進蕎麥麵店，點了一碗蕎麥麵，一邊吃一邊觀察周圍的環境。

當他吃完麵條時，一位頻頻向他點頭的本島人引起了他的注意。

他看了過去，發現這個人是之前在屯所出入的密探，名叫陳詮，一位約二十五、六歲的青年。陳詮懂日本話，能夠流利地進行普通對話，是一位相當能幹的人。在屯所中，他經常負責與本島人相關的偵查工作，並且曾經多次成功逮捕嫌犯。

現在飯島巧遇陳詮，對他的計劃來說正是時候。

「陳先生，剛好在這裡遇見您。其實，我

有些事想請您明天或後天到辦公室來談一談。您可能已經從傳言聽說了，那就是辦務署小使被殺的事件。目前辦務署內的人被認爲涉嫌這起案件，正在新竹受審。但我認爲眞正的犯人在外面，我現在正在找。」

「您說的是那件小使命案嗎？我也知道那件事。」

「既然您知道，我們能不能詳細談談？其實，我認爲是台灣人做的。爲什麼這樣說？因爲在那天白天，我在辦務署外街道盡頭的荊棘叢中發現了一把染有血跡的台灣刀，這非常可疑。

「後來，我在辦務署裡搜查，發現後面的水溝下有一塊黑色的布片，奇怪的是，這塊布和台灣刀握把上的布完全相同，這讓我非常懷疑。所以我想請陳先生幫忙，一起找出這個罪犯。您能幫忙嗎？如果不懂本島話，調查就很難進行了。」

「看來這是一個相當有趣的案件呢。沒問題，只要您指示我怎麼做，我會盡力而爲的。」

「太感謝了。那麼我們就馬上開始吧。今天我來這裡，就是爲了問店主一些事情。陳先生，請幫我翻譯一下吧。」

於是，他們叫來了這家蕎麥麵店的老闆。

飯島開始詢問：「我是憲兵，有點事情想問。這裡經常有辨務署的人來吃蕎麥麵或中華料理吧？」

「是的，他們經常來。」

「其中有個名叫竹山的小使來過嗎？」

「叫什麼我不太清楚，但確實有來過幾位小使。」

「我猜你可能不知道他的名字。那個人很年輕，是個大約十五、六歲的小夥子。」

「確實有個十五、六歲左右的小使來過。」

「那位小使大約在五六天前，也就是一月二十九日晚上，一個人來吃蕎麥麵了吧？他有沒有帶朋友來？」

這時，飯島請陳先生用清曆[48]說明，以便讓店主明白。

經過一番思考，蕎麥麵店老闆回答：「對，那天晚上大約八點，那個年輕人和一個台灣人一起來，他們吃了四碗蕎麥麵，付款的好像是那個年輕人。」

聽到這裡，飯島察覺有關鍵線索，忍不住大叫起來。

32

飯島在聽到竹山與一名台灣人一起到店裡的消息後，更加確信自己的推測是正確的，殺害竹山的凶手很可能是這名台灣人。他繼續詢問：

「那個台灣人來自哪裡？」

「嗯，我不太清楚，但看起來不像是這附近的人。」

「他穿著怎樣的衣服？」

「嗯，從我短暫的觀察來看，他的打扮並不是很好看。」

「他的長相如何？」

「我沒有特別注意，但他身材好像挺高的。」

「這個人以前有沒有和竹山一起來過這裡？」

「不，那天是他們第一次來。」

「他們在吃蕎麥麵時有沒有說什麼特別的？」

48 【清曆】「清曆」清帝國所使用的曆制。

「不，竹山不會說台灣話，所以他們沒怎麼交談。」

「那個台灣人會說日本話嗎？」

「我不確定，因爲我在忙店裡的事情，沒有特別注意他們。」

「那天還有沒有其他你認識的人來過店裡？如果有的話，或許他們能提供更多細節。」

「嗯，我現在想不起來有沒有認識的人來過……」

「當時有沒有內地人在店裡？」

「除了那位小使，沒有其他內地人。我們店裡還有一位廚師，您可以詳細詢問，他也許知道更多細節。」

店主如此回答後，飯島找來另一位廚師，照例詢問關於那位台灣人的情況。

「沒有特別的對話，我記得的是，當那位台灣人付蕎麥麵錢時，我聽到他們提到了『監獄』這個詞。他們兩人大概都能說一點日本語。」廚師這樣回答。

飯島聽到「監獄」這個詞時，產生了一些疑問。

「他們離開店時，是一起走的還是分開的？」

「他們是分開離開的。」

「那位台灣人大概是哪裡的人？在這麼土地狹窄的地區，應該能大概判斷出來吧。另外，那個男人以前來過這裡嗎？」

「我不太記得他的臉，但他看起來很蒼白，就像剛從監獄裡出來的人一樣。」

這時，飯島若有所思。他決定暫停偵訊廚師，並約好日後會再來。

飯島回到辨務署，找到小使中島，詢問了竹山在來到辨務署之前的工作地點。中島表示不知道竹山之前的情況，但如果要調查竹山的過去，可以問當時在苑里辨務署[49]工作的小使栗原順平，他和竹山曾是非常要好的朋友。

儘管苗栗到苑里有七、八里[50]的路程，飯島決定親自跑一趟。

第二天早上，他乘轎抵達苑里辨務署。在告知署長情況後，他邀請小使栗原順平到另一個房間進行詢問。

「其實，我特地從苗栗來找你，是因爲我有些問題想問你。竹山瞅助在苗栗辨務署

49 【苑里辨務署】即苑裡辨務署，屬於新竹縣廳，設立於明治三十（1897）年九月十一日，位於苑裡街，管轄範圍為苗栗二堡，即現今的通霄、苑裡區域。

50 【里】一里為三十六町，約三．九公里，七、八里為二十八至三十二公里左右。

當小使時，你也在那裡當小使吧？」

「是的。」

「竹山畩助到苗栗辨務署當小使，是從什麼時候開始的呢？」

「嗯，應該是去年九月沒錯。就在辨務署遭小偷的前兩三天。」

「什麼？去年九月辨務署發生竊案？這是我第一次聽說，不過，我們稍後再談這件事。在進入辨務署之前，畩助在哪裡工作？」

「在來到辨務署之前，他在苗栗的監獄裡當給仕[51]。」

聽到這個新消息，飯島的心情變得更加振奮。

33

聽到竹山曾在監獄工作做給仕，飯島微笑了起來。

這似乎與他在台灣餐廳聽到有關竹山和某個本島人在談話中提到「監獄」一詞有關。

他不由得喜悅地問：「那麼，那時你在做什麼工作呢？」

「我是從苗栗支廳來到監獄工作。那時我做了大約八個月。後來，從去年八月一日到九月十日，我在苗栗辨務署擔任小使，但職稱則是新竹縣的小使。」

「竹山是怎麼進入辨務署工作的？是誰幫忙介紹的？」

「是一位巡警幫忙安排的，但我不知道名字。」

「你知道竹山死了嗎？」

「我完全不知道。」

「他不是因病去世的，而是被殺了。」

「什麼！眞的嗎？那是不是因爲他做了什麼不好的事？」

「事情是這樣。」飯島簡要地講述了竹山被殺害的情況。「……所以情況就是這樣。你知道殺害他的原因嗎？竹山有做過讓人討厭他的事嗎？」

「我不太清楚。」

「竹山最親密的朋友是誰呢？」

「竹山其實是鹿兒島出身，因爲有個叔叔在監獄工作，所以他經常去監獄的浴室。去年九月四日發生竊案的那天晚上，他也去了監獄的浴室。這個浴室是監獄和警察共用

51【給仕】準備伙食的事務員。

的。在新竹的監獄裡，有一個叫濱田太郎吉的叔叔，但我不知道他現在還在不在那裡。」

「在苗栗監獄工作的叔叔叫什麼名字？」

「在苗栗監獄工作的叔叔叫川村作太郎。」

「有人對竹山懷恨在心嗎？」

「我不知道。」

「竹山是一個會讓人討厭的人嗎？」

「不，他性格溫和，不是那種會和人起衝突的人。」

「在監獄工作時，他有沒有發生什麼不尋常的事情？」

「嗯，他在監獄工作時，總是很忙碌，所以我不太清楚……」

「辨務署發生的竊案是怎麼回事？」

「這件事與其問我，不如直接去問辨務署，就會一清二楚了。去年九月四日晚上，不知是誰偷偷打開了辨務署會計室的金櫃，大約偷走了現金兩千圓。那時候還沒有設置保險金庫，只是用楠木製作的櫃子，要打開來似乎是輕而易舉之事。」

飯島遠道而來，只是得知了竹山曾經在苗栗監獄當給仕，以及九月四日辨務署發生竊案兩件事。除此之外，他並未得知與竹山謀殺案相關的任何新事實。

儘管如此，飯島並未氣餒，他帶著這兩項情報返回苗栗，向辨務署長詢問九月四日的竊案細節，並且再度前往苗栗警察署與署長會面，詳細詢問了當時對犯人有何看法。

他問署長，是否認爲九月的竊案與這次的竹山謀殺案有關。

署長問：「你認爲九月的盜案與此次竹山的謀殺事件有關聯嗎？」

「我不這麼認爲，但如果您能告訴我一些相關情況，對我來說將非常有幫助。」

「那時我們進行了徹底的調查，但無法確定竊賊的身分。從金櫃被打開的方式和其他線索來看，我們判斷竊賊不是內地人，而是台灣人。而且不止一個人，至少有兩個以上。台灣人的犯罪事件總是難以處理。那天晚上，警察署內沒有人注意到異常。竊賊從會計室旁的窗戶上輕巧地取下一塊玻璃，從那裡進入。他們打開金櫃時幾乎沒有發出聲音，非常熟練。除此之外，我沒有其他可以告訴你的線索了。」

34

飯島對警察署長說：「關於辨務署的竊案，我大致上清楚了。但令人難以置信的是，不管小偷是內地人還是熟悉情況的人，怎麼可能從金櫃中偷走兩千圓這一大筆金錢卻無人發覺。不論他們多麼巧妙地行動，這仍然令人難以置信。畢竟那晚應該有值班人員和小使在場，他們竟然都不知道小偷潛入……」

「是的，我們當時也討論過你剛才提到的這個問題。宿直所和小使室都與辦公室有相當的距離，似乎沒有人注意到。此外，辨務署在竊案發生前的門禁措施似乎不夠嚴密，也讓小偷能夠輕易潛入。」

「確實如此。」

其後，飯島離開警察局，由於他已經很久沒有回到屯所，決定先回去並向所長報告迄今為止的調查情況。

「我已經費了不少工夫，但目前仍然沒有找到任何線索。」為了比對目前探得的訊息，他拿著鉛筆在紙上寫了一些東西，然後說：「所長，即便如此，我大體上還是有些想法的。」

「這確實是一個奇怪的案件，你有什麼看法？」

「是的。」於是，飯島概述了他所收集到的情報說：「我最關注的是這次的竊案。我已經問過警察署長，但沒有得到什麼有用的情報。首先，辨務署是地方高等官署，應該會讓本島人感到畏懼，不太可能有人單獨闖入。而且，進入辦公室的小偷可能帶有武器，他們不可能如此熟悉辦公室的情況，而且應該會有些慌張，可是，他們卻能精準地取下玻璃窗，輕鬆潛入，這令人非常懷疑。

「這意味著，如果是本島人的話，他們不可能如此熟悉辦公室，而如果是內地人，那麼這個人一定對辨務署非常了解。第二個疑點是，辨務署內的任何人都沒有發現小偷的入侵。如果小偷是本島人或不熟悉辦公室的人，他們應該會叫醒值班人員或威脅小使，詢問金櫃的位置，但這並沒有發生，這也是非常可疑的。根據目前的情況來看，這次竊案似乎與竹山的謀殺案無關。

「我們應該要關注的是這一點，我的推測可能有些過於大膽，但請聽我說。那次竊案發生在九月四日晚上，而竹山是在竊案發生前約三天被派到辨務署的。那麼，就在竊案的那一夜，當時還未成年的竹山可能正在小使室睡覺，被小偷叫醒，威脅他透露金錢的位置。

「竹山當時是大約十六歲的少年，可能因為驚恐而聽命於小偷，帶領他們到事務室，讓他們隨意行竊。小偷離開時，也許還警告他不要對任何人提起此事。因為心中感到羞愧，竹山可能選擇保持沉默。這就是最重要的地方。」

他熱烈地陳述著自己的推測。

35

接著，飯島上等憲兵前往新竹地方法院，與宇野法官會面，說明了迄今爲止的偵探工作。

對於他的努力，宇野法官表示了深深的感謝。

「那兩名被告，不會那麼容易認罪的。從你的偵查中看來，可能還有其他犯人，但是，根據你的描述，似乎確定了篠崎就是殺害竹山的凶手。你提到的九月四日的竊案，確實在本案的進展上非常重要，我也有這樣的意識，但一直被其他的工作絆住，未能深入調查。就像你所推測的那樣，竹山之死似乎與戀愛、恩仇無關，也不是因爲被人怨恨，而是因爲他知道了九月四日的竊案，日後招來殺身之禍而死。

「我同意你的看法，但我認爲犯人不是本島人。如果竹山眞的涉及竊案，我想偷竊金櫃財物的人可能是篠崎，而且是在竹山的目擊下進行的。篠崎可能威脅竹山不准洩密，但一直擔心有人知道這個秘密，最終不得不決定將竹山殺害。

「縱使再怎樣膽大妄爲的本島人，也不可能一兩個人就堂而皇之地闖入門禁森嚴的官衙行竊，更不可能知道金櫃的具體位置。皮鞋、蝙蝠傘[52]那類的小型行竊也就罷了，現在這是高達兩千多圓的重大竊案，本島人不可能輕易做到，而且還能威脅小使竹山帶他們去辦公室裡拿錢。

「即使竹山年紀還小，也不太可能僅憑本島人的命令就帶他們進辦公室行竊。我認爲，竊案與竹山之前認識的人有關，這些人熟知辨務署的內部情況。此外，竹山可能是被熟人威脅保持沉默，而且他身爲鹿兒島男子[53]，不太可能輕易地讓與自己毫無瓜葛的本島人偷走辨務署的錢。因此，這個小偷很可能是竹山認識的人，並且已經對竹山施加壓力，讓他保

52 【蝙蝠傘】西式雨傘，以金屬傘架製成，傘衣為黑色，張開時有如蝙蝠展翅，安政三年（1859）由英國商人初次傳入日本，明治五年（1872）起日本開始進行國內生產。

53 【鹿兒島男子】即九州男子，氣質素以堅毅、勇健著稱。

持沉默。如果犯人不是本島人，那麼犯人一定就是篠崎。

「從先前的審訊過程中，篠崎的剛強和固執已經顯露出來了，但到目前爲止，他尚未坦承任何事實，因此目前我下令將他監禁在密室裡。這種監禁所造成的痛苦，我想終究會讓他坦承一切。你目前也還沒有辦法確定你口中的台灣人在哪裡吧？」

「我正請一名秘密偵探在調查。雖然我的意見與法官您有所不同，但我希望在大約一週後，能夠帶來一些有價值的情報給您。直到那時，我暫時不會下任何定論。」

「我想這非常好，畢竟這種事情是需要深入研究的，與法律解釋不同，更需要立基於偵探工作上的實務。因此，與我的角度完全不同。特別是實地的研究，除了仰賴偵探以外，別無他法。而關於偵探的智識，你擁有豐富的經驗。我不認爲我的推測一定是正確的，而你的偵探方法一定是錯誤的。無論如何，請你繼續充分調查。至於我，則會繼續嚴厲審訊目前監禁在密室裡的篠崎。如果有任何對審判有利的線索，請立即向我報告。」

其後，兩人改變話題，閒話東西，宇野法官邀請飯島共進晚餐。

飯島離開新竹後，返回苗栗。

36

飯島憲兵上等兵來過新竹的數日後，宇野法官下令對篠崎吉治進行密室監禁已經過了一週，他決定這時傳喚篠崎。宇野法官認爲，無論篠崎多麼剛愎，經過數日的幽禁，他也必定無法承受，並且深刻悔過自己的罪行。

看到被帶出來的篠崎，他已經七天未見天日，臉色血色全無，眼窩凹陷，骨瘦如柴，看起來極其可憐。法官這才稍微寬心了一些。

「如何，篠崎，很辛苦吧？縱使是像你這麼頑強的人，現在也應該已經悔悟了吧？再隱藏眞相已經毫無意義了，乾脆坦白承認殺害了竹山吧！如果你還不承認，就必須再次面對禁閉密室的痛苦。你在上次預審中從未吐露實情，但到了今天的預審，你應該當作是最後的調查，你一定要坦白。即使我這麼說，如果你仍然不承認，那身爲官員的我，也會有耐心地等候，一定會讓你坦承。明白了嗎？這就是我的立場。」

雖然法官嚴厲逼問，但篠崎的眼神深陷而帶著威嚴，保持冷靜。

「尊敬的法官閣下，無論您問我多少次，我已經反覆說過了，再沒有別的答案。無論您怎麼說，我都不能承認我不知道的事情，我無法承認我心裡不存在的事。絕對不行，我做不到。但如果閣下仍然堅持認爲我是殺害竹山的凶手，那麼無論多少週、多少次的密室監禁，我都願意接受，絕不會覺得苦。

「我只能嘆息自己的不幸和運氣不好。抱歉，我也是個男子漢。如果我眞的殺了竹山，我不會這麼猶豫不決，不會這麼愚蠢地拖延時間。我知道殺人必定會受到懲罰。我不會逃避，也不會隱藏，我寧願主動自首，體面地接受處刑。我爲什麼要這樣痛苦地撒謊呢？尊敬的法官閣下，請您明察秋毫。」

說完這些話，他的雙眼充滿了淚水。

「篠崎，你現在是在假哭嗎？不管你怎麼花言巧語，都沒有用。你只是一味地堅稱自己沒有殺害竹山，但我這邊有明確的證據證明你就是凶手。我們作爲審判官，不會誤判無辜之人。如果你有什麼要說的，儘管說吧。但僅僅堅稱『我沒有殺人』的記憶，對這個案件沒有任何幫助。今天是最後的預審庭，你應該放棄無謂的堅持，勇敢地坦白。你肯定還隱瞞著什麼。

「去年九月四日晚上，你潛入辦公室打開金櫃，偷走了超過現金兩千圓，正當你要離開時，正巧被夜間起來上廁所的小使竹山瞅助發現了。你威脅他如果敢洩露出去，就會奪走他的性命。但是，你仍然感到不安全，最後決定要結束他的生命，不是嗎？做壞事是沒有意義，對吧？」

37

法官似乎已經洞察了篠崎的內心，說出這番話的語氣既銳利且自信。

面對這樣的指控，篠崎的臉色顯得激動。

「法官，這眞是太過分了。您爲什麼這樣懷疑我？您竟然說我會大膽盜竊公款，這實在讓我感到震驚，我不知該如何回應。」

「你還繼續這樣說嗎？如果你眞的不知道，那也沒關係。那把日本刀是怎麼回事？刀子上明顯有殺人的痕跡，你卻說不知道，這實在是太牽強了。就這一點，就已經是明確的殺人證據了。」

篠崎似乎陷入沉思。

「我有一個請求！」篠崎突然高聲喊叫。「我絕不會因爲謀殺而承擔罪責，即使身首異處，我也只能堅持自己對這個案子一無所知。但是，我想要提出請求，如果可以的話，請重新鑑定那把日本刀。雖然我並不是懷疑最初的鑑定結果……」

這時，篠崎主動要求重新鑑定那把日本刀。

「你希望重新鑑定那把刀嗎？雖然重新鑑定不是不可能，但重新鑑定後你又打算怎麼辦？」

「我想知道那把刀上的血跡是否眞的是殺人所留下的。」

「如果血不是殺人所留下的，你是不是就會堅持自己沒有殺害竹山？」

「我絕不是在堅持什麼，我只是在陳述事實。」

他說話的語調顯得有些激烈，彷彿心中帶著怒氣一般。

「但是，你只是因爲日本刀上沒有人血附著，就想逃避殺人的指控嗎？日本刀上有血附著，只是證明你殺害竹山的一個小證據而已，此外，你也很清楚，你的衣服上有血痕，宿舍裡也有血跡，根據當時的情況，有很多證據可以證明。雖然我沒有告訴你，但你故意把有血跡的台灣刀放在辨務署前的草叢中，是爲了被別人發現，然後在辨務署後面的牆底放下與台灣刀一樣的黑布，僞裝有小偷從那裡進入。」

法官的問話變得更加嚴厲。

「法官閣下，那是您的誤解。我怎麼可能……法官閣下，雖然有點囉嗦，但根據您剛才的話，您認爲偷走辨事處金櫃裡的錢的小偷是我。假如我眞的拿了那筆錢，那麼這兩千多圓的大筆金錢我是怎麼處理的？我是把它存起來，還是寄回老家，或是揮霍在女色之上？如果您將這些事情都交給偵探調查，應該可以找出答案。

「我不是個愛酒如命的人，不沉迷於女色，也沒有寄錢回家。而且我在老家有兄長，還有一些田地，我只要能照顧好自己就行了。我沒有理由去做那種罪大惡極之事。不僅如此，我之前也提過，把我介紹到辨務署工作的，是橫堀三子先生。基於對這個人的情義，我怎麼可能犯下如此重大的罪行呢？」

篠崎的語氣愈來愈急切，而法官則依然沉著，不爲所動。

「篠崎，你眞是個令人佩服的人。要殺人，必須有相當的膽識。但是你所說的話，對審判來說毫無幫助，對你自己也沒有任何好處。沒有人會認爲做壞事是對的。你剛剛不是說，殺人就會受罪嗎？有良心的人都這麼認爲。每個人都知道不應該偷別人的東西，但人們還是會這麼做，這就是所謂的一時衝動。即使你對橫堀負責，一時衝動也可能驅使你做出任何事。至於大筆金錢的去向，像你這種膽大心細的人，自然會知道如何避免留下蹤跡。你不會輕易犯錯。你在這場審判中表現出的堅決態度，眞是非常驚人。」

這樣一來，法官認定篠崎是犯人，而篠崎則堅持自己不是犯人。

38

宇野法官在篠崎吉治要求再鑑定日本刀後，由於無論做了什麼審訊都無法使篠崎坦承，使他不由得心生些許疑慮。儘管如此，法官還是決定同意他的要求，對日本刀重新進行鑑定。

在此之前，渡邊醫院長已經做過鑑定，後來也經過刀劍鑑定專家的鑑定，因此，對於重新鑑定的請求必須格外謹慎。這次的重新鑑定，不僅會對法官的判斷、對篠崎個人也會產生重大影響。因此，法官無法輕易拒絕這項要求，這不符合法官的公正作爲。最後，決定重新進行鑑定。

在與新竹地方法院的法官討論後，認爲應該透過化學試驗進行精密的檢查，否則很難得出確切可靠的鑑定結果。

(2) FRONT-VIEW OF PREFECTURAL OFFICE, NAGASAKI 長崎縣廳（其一）前面

然而，台灣並沒有進行這種化學試驗所需的設備，也沒有具備相關醫學知識的人。因此，他們決定依靠內地的法院，委託合適的醫師進行試驗。明治三十一年二月十五日，他們將這把日本刀送到距離本島最近的長崎地方法院，委託他們鑑定。

接受這項委託的長崎地方法院預審法官莊野弘毅，他命令醫學博士小山龍德擔任醫院院長，於同月二十六日在該地方法院進行鑑定。鑑定結果記錄在鑑定書中，數日後連同日本刀一起送回新竹地方法院。鑑定書如下所示。

鑑定書

明治三十一年二月二十六日，我接受了長崎地方法院的委託，依據預審法官莊野弘毅的需求，對篠崎吉治和田中令之的謀殺案進行了以下事項的鑑定。

一、這把刀劍是否有殺人的痕跡。

二、如果有殺人的痕跡，那是發生在什麼時間點。

在記述此次鑑定的結果之前，我想簡要描述一下進行這項檢查的方針。

當要從醫學角度鑑定刀劍是否留有斬傷人的痕跡時，首先需要證明刀劍上有血跡的存在，並且進一步確定這些血跡是否來自人類。然而，如果無法絕對判定血跡的來源，往往在多數情況下，只要能夠明確證明這些是血跡，就可以將其與其他證據相對照，作爲判決的依據。因此，我希望對這把刀劍上的污斑進行盡可能詳細的血跡檢驗。不幸的是，因爲樣本量非常少，無法再次進行充分且徹底的檢驗。至於刀刃的磨損程度、刃色的暗沉程度等是否顯示斬傷人體的特徵，這屬於刀劍鑑定家的專業範疇，並非醫學領域所能涉及的。

肉眼之所見

進行檢查的物件，是一把長約二尺的日本刀，以油紙包裹、痲線綁紮在木箱中。木箱內放有白紙和稻草以固定刀身。刀鞘爲黑色，部分破損，末端處附有標籤，上面附有血跡、毛毯等物，取放時必須特別留意。

取下刀鞘檢查刀身時，長度約五十八仙迷，最大寬度（基根部）約八密迷[54]。刀身光亮耀眼，刃口整齊鋒利，沒有明顯的裂痕。刃口呈現所謂的亂燒[55]，從基根到末端都有暗淡的模糊效果。刀身上散布類似鏽蝕的小斑點，但具體情況尚不清楚。現在著重檢查的是刀身，爲了方便檢查，將刃口朝前，將刀身分爲左右兩側，這裡記錄存在的斑點依序爲（イ）（ロ）（ハ），如下所示。

（第一）右側部位

（イ）在刀身基部距離二到二點五仙迷的地方，有兩個大小不一的褐紅色污點，甲的長度爲一仙迷，寬度爲三密迷，呈長方形，乙的形狀則如同小米粒般大小。

（ロ）在基部距離一〇到二仙迷的地方，有一個長度爲一仙迷、寬度爲一密迷的線狀斑點，顏色和前者相同。

（ハ）在基部距離一四到一六仙迷的地方，有一個褐紅色的點狀及線狀污點，後者的長度約爲一仙迷，並與刀背相連。

（ニ）在基根部距離四十一仙迷的部位有一個長一點五仙迷、形狀歪曲的淡褐赤色斑點，直徑的邊界甚不明顯。

（ホ）在刃尖距離八仙迷的位置，有一個與前者相同顏色的小斑點。

54 【密迷】即公厘，明治時代的漢字表意。

55 【亂燒】刀劍上一種呈現混亂波浪紋路的刃紋。

血痕檢驗結果

（續前）其他右側部位從基根部延伸到四十五仙迷的範圍，存在著拇指頭大小的壓痕，就像是用手指按壓一樣的斑紋。

（第二）左側部位

（イ）在距離刀尖七仙迷到一〇仙迷的範圍內，刀身上有長約三仙迷、暗沉而模糊的污點，從中可以辨識得出存在著芝麻般大小的褐灰白色小點。

（ロ）刀身的中央三分之一處，接近刀刃的地方，有約二仙迷大小的模糊暗沉，邊界並不清晰。刀背處距離基根部約一到二仙迷的地方，有一個大約一仙迷長徑的褐赤色斑點，現狀的邊界也同樣模糊不清。刀鍔爲圓形粗製鐵製，圓徑約三密迷，直徑約九仙迷，具有類橢圓形的兩個孔洞，前後兩面都有不均勻的凸凹，並帶有多個褐赤色的污點。

（一）血紅素結晶檢驗

根據肉眼觀察（第一）的（イ）（ロ）（八）各部位和（第二）的（ロ）部位，用針尖和小刀尖刮取褐紅色的斑點，將其放在玻璃片上，加入一小粒食鹽混合，蓋上玻璃片，輕輕在酒精燈上加熱後暫時放冷，然後進行鏡檢。即使在十幾度的情況下，仍無法發現正確形狀的血紅素結晶，可能是因爲脂肪等雜質的存在阻礙了其形成。

由於懷疑檢驗方法本身可能存在缺陷，於是使用醋酸鹽來去除脂肪，並進行對照試驗，取一小塊舊的人類血片，按照上述方法進行試驗。在後者情況下，總是能夠清楚地發現血紅素結晶，儘管如此，在前一個檢測部分，即使詳細觀察，仍未能發現此類結晶。

再者，刀鞘附箋部位的斑點呈暗褐紅色，形成一個看起來像是血痕的厚層，希望能夠用相同的方法製造血紅素結晶，但一直呈陰性結果。

從附著在刀鍔上的污點中，用針刮取樣品後，投入試管中，加入稀釋鹽酸煮沸，變成黃色粉末，並呈現明顯的鏽蝕反應。根據相同的方法，進一步對附著在小柄刀身上、純粹的鐵鏽進行對照實驗，結果完全一致。

根據上述刀鍔上的污點和肉眼觀察（第一）的（ロ）（八）（二）三部分所得的粉末，

分別投入試管中，加入稀釋鹽酸，加熱後會立即呈現伯林青[56]的反應，就像普通的鏽蝕一樣。

（二）血球檢查

根據上述肉眼觀察的斑點，可以檢測到血球，因此製作了以下的試劑。

A霍夫曼帕奇尼氏液[57]（昇汞、格魯兒那篤溜謨、虞里設林[58]及蒸餾水）

B三十%加里溶液[59]

C那篤倫溶液[60]

接著，將從肉眼可見的（第一）（イ）（ロ）（ハ）三個部位中取得的紅褐色粉末，使用小刀尖或針尖將其剝離，分成三份，分別放入三個錶玻璃中。然後，依次加入三種液體，使其溶解，並在十二到二十四小時後進行鏡檢。結果顯示，無法辨識出任何類似血球的小型物體，在顯微鏡下僅能觀察到與鐵鏽粉末相似、紅褐色的不規則小片。

此外，爲了進行對照試驗，將儲存的乾血（大約一年多的人血）分別放入三個錶玻璃中。第一個加入了A液，第二個加入了B液，第三個加入了C液，等待它們溶解（通常需要十二至二十四小時）。滴入玻璃片上後覆蓋，進行順序檢查。加入A液的樣本呈現陰性反應，而加入B液的樣本中，可以看到大量帶有黃綠色的不規則形狀血球樣小型物體，以及類似白血球的物體，大多數已經破裂。而在C液處理的樣本中，可以清楚地看到大量淡綠色的正常形狀紅血球。

由此可見，這些試劑液是有效的，特別是15%的那篤倫溶液，非常適合用於血球檢查。因此，雖然反覆檢查了從（第一）（ロ）（ホ）兩部分和（第二）（イ）（ロ）兩部分取下的少量粉末，但始終無法得到陽性結果。

40

（三）癒瘡木檢法

56【伯林青】Berlin blue，即普魯士藍。

57【霍夫曼帕奇尼氏液】［ホフマンパチニー氏液］Hofmann-Pacini 溶液，用於血球檢驗。

58【虞里設林】glycerine，明治時代的漢字表意，即甘油。多元醇化合物，無色、無臭、無毒，帶有甜味的黏性液體。由於具有抗菌、抗病毒特性，可用作細菌培養基。

59【加里溶液】Liquor Kali caustici，明治時代的漢字表意，即氫氧化鉀溶液。

60【那篤倫溶液】Natron，即泡鹼。天然的十水碳酸鈉、17%的碳酸氫鈉、少量氯化鈉及硫酸鈉的混合物。

在白色磁盤中加入舊的帝列並油[61]，然後注入少量瘉瘡木丁幾[62]，來自（第一）（イ）（ロ）（ハ）和（第二）（イ）（ロ）的各部位。然而，並未觀察到血紅素的阿巽[63]反應。

（四）光像檢查

如果想要進行光像檢查，但檢查材料很少，由於附著在如刀身般堅硬物體上的物質，不像附在布片等上的物質那樣容易切取並浸泡在試劑液中，對檢驗工作而言有所不便。因此，只能使用無水亞爾箇保兒[64]浸濕的乾淨白布小片，用力擦拭刀身上可檢查的部分，將液體和布片一起收集在錶玻璃中（大約一百五十毫升）。另外取七十五毫升硫酸銅，放在研缽中磨碎，再放入蒸發盤中，慢慢地在沙浴鍋上加熱，直到硫酸銅粉末在高溫下從藍色變爲灰白色。

放置冷卻後，投入埃倫邁爾氏[65]錐形燒

瓶[66]中，與錶玻璃中的液體和布片混合，並在攝氏三十八至四十度的孵化器[67]中，持續攪拌五天後，仔細觀察，發現液體的上層略帶黃色。

嘗試將其放入一個載玻片大小的小盒子中，照射到光像鏡上，但無法發現吸收線。同時，使用相同的方法乾燥固定的人血進行對照試驗，結果也沒有發現吸收線，但液體稍有混濁。總之，這種光像檢查是一種透過發現血色素[68]或其衍生物的吸收線來檢測血痕是否存在的方法。

如前所述，使用經過灼熱漂白的硫酸銅混合、高純度的無水亞爾箇保兒來浸潤可檢測物體，並在光像鏡上觀察到酸性血色素的吸收線時，可以確定爲血液的證據。然而，

61【帝列並油】テレビン油於明治時代的漢字表意，即松節油（Turpentine oil）。

62【癒瘡木丁幾】Tinctura Guajaci，癒創木酊劑。酊劑即乙醇溶劑。

63【阿巽】ozone，即臭氧。臭氧經與癒創木酊劑混合，可使血紅素氧化出現亮藍色。

64【無水亞爾箇保兒】無水酒精。亞爾箇保兒，即 alcohol 於明治時代的漢字表意。

65【埃倫邁爾氏】［エルレンマイエル氏］埃米爾．埃倫邁爾（Emil Erlenmeyer），十九世紀德國化學家，

66【錐形燒瓶】［コルペン］為德語 Kolben，即埃倫邁爾燒瓶（Erlenmeyer flask），為埃倫邁爾發明。

67【孵化器】即保溫箱。

68【血色素】［ヘマチーン］haematin，又稱血紅蛋白。

無法完全確定是因爲光像鏡還不完善，還是可檢測物體的固體硬度不足以進行切取和提取。儘管如此，根據其他檢測方法，也無法發現血痕的徵兆，可能是因爲血痕已經消失。

（此血痕檢查從明治三十一年二月二十八日開始進行，到三月四日結束，之後由於疾病和事故的原因中止，重啟於三月十一日起，到三月十五日止，進行光像檢查，這段時間，偶爾需要修理儀器，略有延遲，從三月二十一日開始進行，到三月三十日前後，總共花費了大約二十天完成。）

鑑定書

根據前述血痕檢查的結果，作出以下鑑定。

一、此刀劍無法在醫學檢查中識別出斬殺人的痕跡。

二、根據前一項的結果，我相信鑑定命令第二項應該自然消失。

以上爲鑑定結果。

明治三十一年三月三十一日

鑑定人　醫學士　小山龍德

致　長崎地方法院　預審法官莊野弘毅先生

長崎縣立醫院院長、醫學士小山龍德所發出的鑑定書如前所示。

經由醫學士小山龍德進行的鑑定，在檢查過程中極爲慎重。因此，可以相信這次鑑定結果是正確無誤的。

宇野預審法官原本認爲，這把日本刀是殺害竹山的重要證據，但現在卻證明刀上根本沒有斬殺過人的痕跡，這表示篠崎並未殺害竹山。先前除了由渡邊新竹醫院長進行的鑑定外，還有刀劍鑑定家的鑑定，確定刀上是眞正的人血。然而，現在的否定結果，使得宇野法官也感到了些許迷茫。

由於沒有其他證據，使這把刀成了唯一一件重要的證據。既然如此，對篠崎的訊問也必須改變其方向。

41

時間飛逝，自從竹山謀殺事件發生以來，已經過去了半年。

明治三十一年六月二日，新竹地方法院開設以來最爲人所議論的苗栗小使命案的公開審理終於舉行了。從清晨開始，旁聽的民眾如山脈般成群聚集，湧入法庭。

近半年的時間，篠崎吉治幾乎都在陰暗的牢房中度過，甚至還經歷了數週的密室監禁之苦，因此他的臉色顯得灰暗，骨瘦如柴，顴骨突出，鬢髮蓬亂，簡直不像是這個世界的人。他身穿黑色的奉書紋[69]羽織、薩摩絣[70]單衣，束著白色的縮緬腰帶，步履蹣跚地進入法庭，旁聽群眾紛紛驚奇地盯著他看，許多人低聲議論。在旁聽席的一角，有一位身材極爲矮小、膚色黝黑的男子，穿著黑色西服，他目不轉睛地凝視著篠崎吉治，這個人正是篠崎吉治的哥哥篠崎三彌。

篠崎吉治出生於櫪木縣芳賀郡中村大字八木岡十二番地。他的父親在當地擁有可觀的財產，現在家業由長子三彌掌管，父親則享受退休生活。吉治是次子。

然而，吉治在苗栗辨務署工作期間，卻因涉嫌殺害小使竹山而被拘捕入獄。當家中接到通知，他的父母震驚不已，尤其是他的母親，無法相信篠崎會做出如此大膽的行爲，甚至因過度擔心吉治而生病。

長子三彌在繼承家業後，並沒有外出的餘裕，但他理解父母的心情，同時擔憂弟弟的處境，決定前往台灣協助弟弟。他對母親保證會去台灣，讓她不必擔心，並承諾會透過信件通知家中任何進展。於是，三彌匆匆整理行裝，首先前往東京，再乘船前往台灣，在新竹的一家旅館安頓下來。他去監獄見到弟弟吉治時，兩兄弟相見落淚，連在場的看守也轉過臉去，不忍直視。

三彌爲弟弟安排了辯護律師等事宜，並委託剛來台灣不久的律師生沼永保先生代理。除此之外，他只能等待審判開庭的日子到來。

69 【奉書紋】帶有高級日式紙張（和紙）般紋理的絹織物。

70 【薩摩絣】薩摩為現今的鹿兒島西部，薩摩絣是使用平織法製作，藍底白紋、質地堅韌的高級布料。

今天，他滿心焦慮地來到法庭旁聽，等待吉治被判有罪抑或無罪的結果。

42

在新竹地方法院，由法官寺島小五郎、檢察官秋山二郎以及該院書記淺岡忠之主持，篠崎吉治謀殺案的審判正式開庭。

法官照例對被告篠崎進行了一系列的基本訊問，包括族籍、年齡等（這些內容因多有重複，在此省略）。

隨後，檢察官秋山二郎開始陳述。

「本案雖然是一起殺人案，但這並非一般的殺人犯所犯的罪行，背後隱藏著難以置信的內幕，這也是爲何在預審階段需要進行繁瑣的調查。這

樣的殺人犯是極爲罕見的。因此，本案尤其需要謹愼處理。幸運的是，本案擁有充分的具體證據，而且直到今天，除了被告之外，沒有其他可能的凶手出現，這進一步加強了被告的有罪可能性。因此，我將依序陳述其罪證。

「首先，本案中最重要的問題是，誰殺害了被害者竹山。從事件狀況來看，並沒有小偷所爲的跡象。如果眞的是小偷所爲，那麼他們應該先殺害當時的值班人員，也就是被告，再對小使竹山下手。然而，實情並非如此，涉有重嫌的被告竟然在夜間白川夜船[71]，只有小使竹山被殺害。

「根據被告的陳述，小偷在行凶後立即逃跑了。如果眞的有小偷，當他們開啟宿直所的門時，被告不可能不知情。此外，如果眞的是小偷闖入，他們必定是爲了某個目的，如偷錢或報復。然而，竹山每月僅領取約十圓的薪水，並且節儉地生活，大部分錢都匯回老家，因此不可能擁有足夠的金錢吸引小偷。再者，從調查中已經明確顯示，竹山並非一個會招來怨恨的人。

「從被害者竹山被殺害的情況來看，他不可能在遭到他人偷襲時被一刀致命，因爲

71 【白川夜船】比喻熟睡得不醒人事。

沒有任何抵抗的跡象。根據證言紀錄，他似乎是在熟睡中被一刀斬殺，這點尤其令人懷疑。而且，從小使室出口到後門的路徑上有血跡，但從小使室到宿直所的路上卻一點血跡也沒有，基於這些事實，要相信這是小偷所爲，也變得更加困難了。

「此外，被告的第一次答辯非常含糊，他聲稱自己在追趕小偷時曾叫住竹山，但沒有得到回應便留他在後，繼續追趕，這顯然是謊言。被告聲稱，當時沒有看到血跡，但由於竹山頭上有燈，這不太可能發生。被告還聲稱自己並未用刀鞘刺向屍體，也未進入小使室，但當被指出鞘上有血跡時，他又說可能碰到了屍體。這些前後矛盾的陳述，顯得含糊不清。

「這表示被告一開始是將刀放在鞘中並走向小使室。當他看到竹山熟睡時，才抽出刀來，將鞘放在房間的一角將他斬殺。至於刀鞘上爲何會有血跡，被告可能在離開現場時，意圖擦拭刀上的血跡，於是拿著刀到後門出口，卻沒注意到血液沿著刀身流下沾上刀鞘。

「因此，針對刀身，必須進行極其謹慎的鑑定。最初由三名刀劍鑑定家進行鑑定，其次，又委託長崎的預審法官，並由醫學士進行化學試驗重新鑑定。雖然最新的鑑定顯示沒有斬殺痕跡，與先前的鑑定結果有所矛盾，但在此情況下，我們必須採納基於化學試驗方法的最新鑑定。

「這把日本刀並未用於犯罪。但即便如此，它也並不能證明被告沒有犯罪。關於這把刀的詳細情況，我將在稍後解釋。接下來，關於那晚被發現有血跡的衣物和寢具，這些血跡可能是從刀身或被告的腳等部位沾染上去的。對於這些衣物上的血跡，被告無法提出任何合理的解釋。」

43

秋山檢察官一邊單手玩弄著鉛筆，一邊說明。

「被告無法辯解這些血液的原因是可以理解的，因爲這些血液的滴痕不僅附著在物體上，還附著在其他地方，這應該是在被告斬殺竹山時濺到的。至於先前提到的日本刀，可能如小山醫生鑑定的那樣，並非用來殺人，而被告在預審回答法官時表示，一個殺人犯不可能將凶器隨意放在自己的宿直所裡，這種說法確實也是有一定程度的道理。

「那麼，再考慮到暫時扣押的台灣刀，這是由憲兵在辨務署數町遠的灌木叢中撿到的。一看就知道上面的血液是陳舊的，並不像是當晚使用的。這是一個重要的考量點。如果按照被告所說，他的日本刀並非用來殺害竹山的，那麼被告可能因爲擔心犯行日後會被暴露，才買了這把鋒利的台灣刀來殺害竹山，再把它藏在附近。

「被告可能認爲，這把刀很快就會被找到，所以便故意放在憲兵很容易從荊棘中發現的位置，製造彷彿是小偷闖入後，逃跑時隨手丟棄那把台灣刀的假象。實際上，如果是小偷藏匿了那把台灣刀，他們肯定會把它放在一個難以被察覺的地方。

「這樣看來，被告可能是用那把台灣刀殺害了竹山。無論如何，被告的罪證充分，但究竟是出於何種動機而殺人，原因仍然不明。

「被告在預審階段並未做任何事實陳述，但本職認爲，他不會爲了不重要的原因而犯下謀殺這種重罪。除了精神病患者，社會上犯下謀殺罪的人通常都有深刻的動機。根據至今爲止的司法實務來看，大多數情況下都是情感糾葛所致，當然，還有爲了搶劫目的而殺人，這算是特殊情況，另外還有過失殺人。但總體而言，情感糾葛導致的殺人案件是最多的。

「強盜一類的殺人犯，對殺人行爲不會有任何感覺，他們能夠保持冷靜。因此，考慮到被告在預審時顯示出的剛毅和大膽，不難判斷他與竹山之間肯定有某種關係。根據證人的陳述，被告和竹山之間似乎沒有仇恨或爭吵，尤其是考慮到竹山只是一個十七歲的少年。被告最終殺害竹山，肯定是出於某個特別的原因。這個原因，無疑是被告有一個秘密被竹山知道了，而這個秘密除了竹山，沒有其他人知道。

「因此，即使僅僅是一個少年，被告也不能放任不管，他無法確定竹山是否會洩露秘密。爲了防止秘密外洩，被告認爲，除了將竹山從這個世界上消除之外，別無他法，遂對竹山產生殺意。這確實是被告的極端手段，但從他事前的準備來看，似乎早有預謀。

「有人可能會問，爲什麼要選擇值班時進行這樣會引起懷疑的行動？這確實是一個問題，但這也顯示出被告不是普通人。由於本職不是神，如果被告不自白，那麼本職所言只能算是推測。然而，這個推測絕不會偏離眞相。

「去年九月四日苗栗辨務署曾經發生竊案，關於此案，憲兵上等兵飯島從一開始就熱心地進行調查，他還提出了一個與本案有重大關聯的報告。在此必須特別說明。」

「飯島上等憲兵全力以赴地參與了這次的調查，而且至今仍在持續進行。去年九月四日辨務署發生的竊案，他認爲非常可疑，必然與此次事件有著某種程度的關聯。他認爲，要找出這次的凶手，勢必要查清楚九月竊案的眞相。

「於是，他調查了當時的情況，結果讓意外的事實浮出水面。因此，先前的預審法官對篠崎吉治和另一名犯罪嫌疑人田中令之進行了審訊。田中令之最終承認了罪行。飯島的調查結果表明，那次九月的竊案並非外來的小偷所爲。儘管論述有些冗長，但由於這與本案有著最大的關聯，在此必須提出來說明。

「被告田中令之，最初是以小使命案嫌疑人的身分與篠崎吉治一同被捕的。然而，經過

一番調查後發現，田中平日過度放縱娛樂，淡水亭的妓女甚至寄給他一封信，說如果不給她正式的名分，她就會去自殺。截至目前爲止，他所花的娛樂費絕非小數目，那麼，他是如何在沒有借貸的情況下支付這些費用的呢？這實在啟人疑竇。

「預審法官對此進行了嚴格的審問。田中承認，他之所以偷竊這些錢，完全是一時的衝動，並非有外來的小偷潛入。事實上，由於他負責會計工作，他對情婦意亂情迷，不自覺地動用了公款。隨著金額越來越大，他知道這早晚會被發現，恐怕無法再隱瞞下去了。於是，他想出一個大膽的計劃，僞裝成外來竊賊入侵，偷走了這些錢，再向警察局報案。

「這個計劃似乎成功了，沒有人懷疑田中，他也沒有露出任何破綻，直到今天都安然無恙。田中向法官坦承了這一切，並表示這是他自己一個人的計劃，並沒有共犯。因此，以小使命案的共犯身分被捕的田中令之，事實上坦承了一個意外的眞相，接下來，他被轉爲公審，以監守自盜的罪名起訴。由於他的竊案已被證明是虛構的，所以無論如何，不得不判斷篠崎是他的共犯。雖然田中堅稱沒有共犯，但這很可能是兩人之間的一個約定，由他一人承擔所有罪責。

「所以，當法官先前論述犯罪原因時所提到的一個秘密，就是指這個僞造竊案被小使竹山發現的事實。這個精心策劃的計劃，一旦被竹山揭露，就會立即導致自己的毀滅。因此，爲了避免未來的災難，篠崎選擇殺害竹山。即使無法明確揭示所有的原因，只要證明被告有殺人的罪證就已經足夠，其他的就無需多言了。現在，關於法官訊問被告有關發現殺害事實的過程，被告的回答如下：

在一月三十日凌晨大約兩點左右，我有一種奇怪的感覺，於是睜開了眼睛。我注意到東邊的兩扇障子中有一扇是開著的，這讓我感到不對勁，懷疑可能是小偷的行爲。我大叫「小偷！小偷！」還檢查了走廊，但那裡沒有人。障子開著的那一側是阿片[72]室，我聽到似乎有人從那裡逃跑的聲音。於是我拿起了平時準備好的刀，走到外面，一邊追逐一邊大喊「竹山！竹山！」但小使沒有回應。

於是我回到小使的房間，打開門再次呼喊，仍然沒有回應。當我看到他躺在床上，頭朝東，面朝南，看起來像是睡著了，蓋著毛毯，穿著襯衫。我注意到他的襯衫上有紅色的痕跡，這讓我感到非常疑惑。但我沒有理會小使，繼續追趕小偷。後來，我發現土間的玻璃門也是開著……

「他所說的這些證詞，但其實答辯內容很模糊。正如我之前講述的，爲什麼小偷會殺死年輕的竹山卻不殺篠崎呢？竹山是在熟睡中被殺的，他並沒有抵抗。在這種情況下，小偷沒有理由不去殺篠崎。更令人懷疑的是，小偷即使再冷靜，也不可能在殺死竹山後將小使室的門關上再離開。

「他在答辯中提到『打開小使室的門』，這更加顯示了被告答辯的模糊不清。基於以上的理由，根據刑法[73]第二百九十二條[74]，我們請求對被告進行判決。」

45

檢察官秋山在進行了一個多小時的漫長陳述之後，聽眾中有人已經認爲篠崎吉治無

72【阿片】opium，即鴉片，從未熟的罌粟果取出乳狀液體後乾燥製成。

73【刑法】明治十三年（1880）頒布的舊刑法，以法國刑法為底本進行修訂，是日本第一部近代化刑法典。於明治四十一年（1908）施行現代刑法時廢止。

74【第二百九十二條】法律條文為「預謀殺人者，將被定為謀殺罪並處以死刑。」（予メ謀テ人ヲ殺シタル者ハ謀殺ノ罪ト為シ死刑ニ処ス）

疑是有罪的。

這時，身穿黑紋羽織和仙台平[75]袴的生沼辯護律師站起來，他是台北有名的律師。篠崎吉治因檢察官的論述而幾乎無法再成爲清白之身，但他的哥哥正手心冒汗地聆聽這場審判的進行，期待生沼律師的辯護能爲篠崎洗清冤屈。

「剛才秋山檢察官詳細列舉了許多證據和推測來陳述他的看法，但檢察官唯一的證據就是刀、寢具、衣物以及其他物品上的血跡。除此之外並沒有其他像樣的證據。然而，這些血跡確實與本案有重大關聯，這是不爭的事實。簡單來說，正是因爲這些血跡的存在，篠崎才會涉嫌並遭拘留入獄。

「這樣一來，這些血跡到底是不是因爲砍了竹山才沾上的，就是決定被告有罪還是無罪的關鍵。所以，我認爲這個案件只要用最簡單的辯護就夠了，但檢察官卻做了很複雜的論述。只要沒有血跡，被告就沒有嫌疑。只要證明這個血跡不是砍了竹山的血就可以了。

「所以第一，刀鞘上的斑點，以及寢具、器具、衣物等沾上的東西，雖然都是血跡，但都不多，量非常少。這是看了證物就很明白的事。就算只有這麼一點證據，也已經可以證明被告不是親手斬殺竹山的。

「首先從當時的情況來看，被告是在小使被殺的時候，大批檢驗官進入只有三疊[76]的房間裡，在血流成河的地方來回走。在那個混亂的時候，他沾一點血是很自然的事，一點也不奇怪。被告對這件事也說了很多，但都是以『我想』或『我認爲』等不確定的語氣，顯然他無法明確下判斷。

「確實，被告無法明言原因的事實是，刀鞘上沾的血，寢具上沾的血，還有睡衣上沾的血，都是他一開始進到小使室的時候，衣服上沾到，然後轉移到其他地方的，這完全不令人意外。檢察官對此感到不思議，反而更加不尋常。所以，檢察官對被告持有的日本刀極爲重視，但第一次和第二次的鑑定都不完全，第三次的鑑定，確實用心良苦，甚至進行了化學測試。因此，我認爲不太可能有比這更確切的鑑定方法了。

「如果把這個鑑定當作確實的東西，那麼唯一的證據，就是日本刀，已經失去了證據的性質，其他的都是膚淺的事實和想像，不能用推測來判斷被告的罪。檢察官說，雖然致死的原因不明，但是已經有證據了，這是他的論述，但是如果致死的原因不明，那

75 【仙台平】仙台傳統絲織物，是江戶時代至明治時代用做男性袴褲裙的高級布料。

76 【疊】［畳］以榻榻米數量計算的面積，一疊為一．六五三平方公尺，三疊約為四．九六平方公尺。

麼致死的證據更應該有才對。檢察官是因爲台灣刀上有血跡，就假設日本刀沒有砍人的痕跡，但是這對被告的犯罪證據沒有任何的增減。

「也就是說，被告把台灣刀丟在荊棘裡，就是爲了消滅證據，故意用別的刀來僞造別人做的樣子，這是他的論述，也許是這樣，不過這只是檢察官的推測，被告沒有這麼說過。而且檢察官說，苗栗辨務署職員的公款竊案，是本案的原因，但是檢察官自己說過，辦務署的主記田中令之已經招供，沒有別的共犯，所以跟被告篠崎沒有關係。

「被告的陳述一直很堅定，沒有什麼可疑的跡象。總之，從被告下手的角度來看，可能有一點點嫌疑，但是從被告沒有下手的角度來看，就更令人起疑了。而且要判他死刑，有非常堅實的證據嗎？沒有啊。所以，被告有點可疑，就判他有罪，這是很不合理的。何況檢察官的論述都是推測，這些推測到底對不對，根本就像偵探小說一樣。所以我要求無罪的判決。」

他說完以後，就回到座位上。

審判長表示審理到此結束，十一日要宣布判決，隨即休庭。

聽眾中最晚離開的，凝視著被告篠崎疲憊的臉，獨自暗暗流淚的人——毋庸置疑，是他的哥哥三彌。

十一日到了。

苗栗小使命案，這樁長時間懸而未決的冤獄事件，被告篠崎吉治的判決終於宣布。

櫪木縣芳賀郡中村大字八木岡

十二番地住民

篠崎吉治　二十五歲

對於被告的謀殺案件，審理判決如下。

主文

被告人篠崎吉治**無罪**

沒收物品須歸還給原所有人

理由

被告吉治在新竹縣苗栗辨務署主記在職期間，於明治三十一年一月三十日凌晨三點潛入同署小使室殺害竹山畂助一案，缺乏足夠的證據認定犯案。

判決沒收物品須歸還給原所有人

依主文判決如下

明治三十一年六月十一日於新竹地方法院公開庭

檢察官秋山二郎當庭宣告

法官　寺島小五郎

書記　淺岡忠之

啊，猶如花朵般的少年竹山的屍體，已經化爲北邙一片空洞的煙霧，卻仍然無法安撫他的靈魂，不知少年竹山的靈魂如今迷失在何處？

（完）

本報連載了四十五回，台灣的一起冤罪疑案，也就是苗栗小使命案，至此終結。檢察官再次提起上訴，將案件移送至覆審法院。最後的審判中，被告篠崎再次獲得無罪判決，他與哥哥一起離開法庭，回到父母身邊。

儘管如此，苗栗的小使命案仍然存在疑點。飯島上等兵的偵探之眼熱情依舊，他的目光會朝著哪個方向移動呢？隱藏於玫瑰花叢中的台灣刀，依然殘留著怪異的謎團。反覆地一再回顧，苗栗的小使命案仍然存在疑點。

（三本記述）

《苗栗小使命案》譯後記

《苗栗小使命案》是作家さんぽん繼《艋舺謀殺事件》在報紙上的第二部連載作品。

它發表於《臺灣日日新報》，自明治三十一年（1898）十月二十日開始連載，同年十二月二十八日止，共四十五回。與《艋舺謀殺事件》相同，作品連載結束後並未集結成書，同樣是在日治時代台灣文學專家學者的挖掘下，其存在才得以為人所知。

這部作品，也是目前日治時代台灣文學考證成果中さんぽん的最後一部長篇。兩年後，さんぽん在《臺灣日日新報》還有一個短篇小說〈老車夫〉——儘管它分為上、下

兩回，但其實是刊載於同一日的同一版——除此之外，並沒有再發現他的其他作品了。這篇作品是台灣大學台灣文學研究所黃美娥教授提供給我的資料，謹此致上謝意。

不同於《艋舺謀殺事件》的小說體裁，《苗栗小使命案》是一部刑案實錄。《艋舺謀殺事件》是台灣犯罪小說史上已知最早的第一部小說，那麼，《苗栗小使命案》也成了台灣犯罪小說史上已知最早的第一部刑案實錄。僅僅在一年之內，さんぽん只憑一人之力，就完成了類型文學史的兩大創作濫觴，如此的開創性成就，無疑是驚人而非凡的。

有了《艋舺謀殺事件》的處理經驗，《苗栗小使命案》一開始的作業相對順利得多。《臺灣日日新報》的原件保存狀況，普遍也比《臺灣新報》為佳，而所有的連載回數皆未遺佚，都使字跡判讀、修補費時較少。

不過，到了正式進入翻譯的環節，難度則一下子提高不少。最關鍵的原因，自然是內文詳細地描述了案件罪證的鑑識程序，涉及大量的法醫、化學專有名詞。翻譯《艋舺謀殺事件》時，我遭遇了明治時代文語體、口語體混合的轉換期所導致的文字翻譯門檻，幸賴妻子的解讀才得以跨越。同樣的，專業學科的發展歷經了一百多年，許多理科知識的外來語，從漢字表意轉變爲片假名表意，許多實驗技術因爲高效率、低成本的考量而取捨、廢棄、改變，此時，我也遭遇了專業學科百年變遷所導致的知識翻譯門檻。

台灣大學醫學院法醫學李俊億教授協助本書的審定，悉心調查散布在作品裡那些早就掩沒於舊日文獻中、長年被人遺忘的專有名詞，審定相關註釋，串接起現代讀者也能夠理解的理科知識，令人彷彿走進了一道科學發展的時光隧道，另外，他也在百忙之中爲這本書寫推薦序，在此致上深深謝意。

關於本書的時代背景，好友評論家喬齊安的導讀，梳理了《苗栗小使命案》出現前後，孕育日本刑案實錄創作的文學土壤，而對日治時代台灣犯罪搜查實務有深入研究的蕭宗瀚老師，則撰寫了書末解說，詳實重現日治初期刑案的偵調、檢訴現場，兩篇文章均讓本書增色萬分，令我銘感五內，不勝感激。

此外，負責主編本書的佩穎，與我是第二度合作，這次花了許多時間整理圖照，得以還原當年的科學鑑識背景，是本作彌足珍貴的影像紀錄，在此致上謝意。

去年以《艋舺謀殺事件》爲起點——其實在一開始，這只是一個單純抱著好奇心、追溯台灣犯罪文學根源的探索，經過了一年多，第二本長篇譯作已經即將付梓。同時，今年六月起復刊的《推理雜誌》上，我也陸續翻譯了飯岡秀三〈探偵物語・士林川血染船〉與〈探偵實話・奇代の兇賊臺北城下を騷す〉兩個短篇。

不知不覺中，「日治時代在台日人犯罪文學創作」的大眾小說現代語譯工程，已然勾勒出愈來愈清晰的輪廓了。我由衷期待，這項工程未來能夠持續拓展，繼而與當代的台灣犯罪文學創作遙相輝映。

解說
台灣刑事偵查的時代縮影

蕭宗瀚

一、現代科學的獵奇案件還是殖民現代化的政治宣傳？

苗栗小使命案作爲日治初期的刑偵案件報導，除了揭示日治時期犯罪搜查體制與司法判訴的變化之外，更是當時作爲殖民政府文明宣示的一環，亦如諸多十九世紀到廿世紀的文明優越國家，透過報章雜誌等載體，記載刑事案件或是迷案，甚至偵探小說的內容，除是滿足當時讀者對於獵奇、異端的心態，更有種競爭誰更文明或是更科學的優越意識。特別是《臺灣日日新報》作爲總督府的官方對民間半正式宣傳刊物，投入其中的撰寫者，自然不乏迎合這類企圖的人，同時期的各類刑案報導，除了暗示本島人與台灣人的文明差異，更有一部分要揭露文明的優越性，這從同樣在日治初期日日新報的「臺灣の氣候と犯罪」、「本島犯罪の狀況」報導中多少可以感受到。

因此一八九八年發生的小使案件，看似是揭示日本犯罪搜查體系差點造成冤案的烏龍，實際上卻是顯示日本人已不再只是依靠心證關係搜查作爲唯一的判案依據，而是進步到以物證爲主的文明式判案；因爲畢竟當中的疑犯之人，若是有台灣人出現的話，也許就不會是無罪釋放這樣的結果。可說當時，揭露日本犯罪者、底層流民與台灣人有多相近，亦是屢見不鮮的主旋律，此從文中調查者對於台灣小偷會製造很大的腳步聲，或是台灣人無法犯下如此複雜案件的質疑中可窺見一二。

二、法官宇野的小說腦補式控訴劇場

在日治初期的此案，案件中法官宇野明知物證尚未完全查驗清楚，卻依舊以人際關係，動機推論作爲審案的主要依據，甚至對於後續物證的查驗不願信任，多次簡化推論在缺錢、借錢這種動機上，以致後續法庭上秋山檢察官的控訴，頗具編造小說式的幽默外，更是顯得荒謬。當然，在一八九八年此案發生的時間，台灣犯罪搜查體制本就不健全，其中法官身兼檢調執行犯罪搜查，就現在而言並不符合保障嫌疑犯人權，或是調查權力平衡的觀念，同時也完全缺乏現今司法中「無罪推定」的思維。但現實上，畢竟司法案件的偵查守則確立，在台灣也是要到一九〇〇年之後，諸多像是調查權責，證據的合理性等觀念才逐步實踐，甚至是在一九二〇年代才隨日本本島同步，開始確認物證、心證並立的雙證推斷原則，也才有強迫自白無效的觀念推廣。這一切都不難想像日治初期對於犯罪搜查上以編故事的心證方式，竟是如此理所當然的存在。所以，當宇野把日本刀上的血跡，認定是人血後，身上有血的篠崎也就從疑犯變成了凶手，而後宇野的辦案也就從找出眞凶，變成如何讓篠崎認罪，甚至是當田中招供認罪後，宇野仍不放過，要將篠崎視爲共犯一同定罪，若非篠崎堅持不認罪，這也無法等到第二次血跡鑑定，還篠崎清白。但綜觀法官宇野的推論，也僅是人在現場、血跡，以及另外一起偷竊案的聯想。眞正有直接關聯的物證，卻始終未有出現，這與其說是犯罪搜查在當時的原始與不進步，倒不如說是源自更早時代，對於心證搜查根深蒂固的有罪推定想像所致。

三、眞天選偵探——憲兵飯島的搜查物語

苗栗小使案，雖說是以實際案件審判作爲內容的報導，但本身作爲偵探故事的性質，使其內容不免出現戲劇性的發展。而其中擔任劇情轉折突破口的，正是其中的憲兵飯島，雖然不像一般偵探小說主角，眞正起到最後解謎，說出眞凶的功用，

但不論是在外搜查偶然發現的台灣刀，或是偶遇台灣密探陳詮，似乎都有股冥冥之中推動案情的神助。也因此使讀者三番兩次陷入期待案件將要翻盤，卻又陷入遭受否定的懸疑陷阱中，若說飯島不是刻意的主角，那也就只能說一切也太過巧合了！不過也正是有飯島的行動，使法官宇野的武斷推論產生疑點，不得不使用科學鑑識作爲突破，或說是順理成章的說明教育讀者一番。以現今的犯罪搜查思維來說，過度詳細的案情或是細節，都可能造成犯罪的模仿或影響判決的聲浪，但小使案中那如教科書的說明，可說是明著要肩負教學的責任，這是不怕以後會有人藉此學會如何湮滅破壞犯案證據嗎？不過這或許就是那個時代的浪漫，如同許多日後的警察日劇的名言——破案是用走出來的。那個不斷在外搜查尋求物證、人證的飯島，相較於僅是多在室內審問、調查財務狀況、人際關係拼湊推論的法官，才是能面對罪惡，鍥而不捨的未來偵探樣貌。

四、冤案還是迷案?台灣刑事偵查的時代縮影!

苗栗小使案最後的檢察官在法庭的控訴，如果化成畫面的話，無疑在二〇二四年的今日，可做成重複跳針的迷音內容，然而，盡管現今看似荒唐，但在當時卻是揭示犯罪搜查作爲殖民母國，展現文明優勢的宣傳工具，但不可不說的是，就算宣傳殖民優越性再過明顯，日本也是將自身追求西方文明進步的腳步，一併推展到當時的台灣，從物證與心證的雙證據原則，再到化學科學的鑑識、預防犯罪的思維轉變，人像辨識、指紋資料庫等、那些台灣在一世紀後影視作品裡的犯罪搜查想像，早已浮現。然而，隨著戰後台灣社會的封閉，一般人民對於犯罪搜查科學化的理解，仍停留在如同八點檔鄉土劇的思考當中，這從一九九〇年代末多少部蜘蛛網、瞳鈴眼類的僞刑案戲劇中，其實不難感受出來，而這也或許是台灣長久以來，並不像日本、英國一樣發展出探究犯罪手法的偵探文學系列，又或是像二〇〇〇年後歐美發展出CSI犯罪鑑識戲劇的風潮，畢竟太理性與科學的犯罪搜查劇情對台灣群眾來說，似乎是太缺乏人性糾葛與人情味了！然而，科學求證的因子卻早就濃縮在過去的歷史中！那究竟是犯罪搜查的科學時代遺忘了我們，又或是我們抗拒了科學理性的犯罪搜查呢？

（本文作者爲台師大台灣史研究所碩士。）

附錄一：《苗栗小使命案》連載及修訂概要

在此謹將原作的連載概況、翻譯的相關修訂記述如後，完全依循さんぽん前作《艋舺謀殺事件》的作法，修訂判斷原則並未變更，此處不再多做贅述。

「各回修訂記述可能揭露故事部分情節，影響閱讀樂趣，敬請讀者斟酌。」

明治31年（1898）10月20日（木）　第百四十號　第五版　《一》

既晴——「竹山畩助」一度誤植為「山山畩吉」或「竹山畩吉」，譯文統一作「竹山畩助」。

原作中「篠崎吉治」與「篠崎吉次」多次混用，兩者讀音相同，經查證台灣總督府檔案相關公文資料，確認過正確姓名，統一作「篠崎吉治」。

關於案發時間，原文為「本年一月三十日之夜」，但實際上是一月三十日凌晨，為避免讀者混亂，譯文調整為「明治三十一年一月三十日的凌晨」。

明治31年（1898）10月21日（金）　第百四十一號　第五版　《二》

既晴—原文首句「明治三十年」爲誤植，應爲「明治三十一年」。

「警察署」誤植爲「警察所」，予以修正。

「榎田兼明」誤植爲「榎田廉明」，經查證台灣總督府檔案相關公文資料，確認過正確姓名，修正爲「榎田兼明」。

日本的電報均使用片假名，正文爲求閱讀的流暢度，都直接翻譯爲中文。在此補述兩則電文的原文，分別是「ベンムシヨニ、ゾクアリ、コヅカイヲコロシ、トウサウス」（辨務署に賊があり、小使を殺し、逃走す）與「ゲンゼウカリケンセウシ、シタイトウハソノママニナシヲカレタシ」（現状を仮検証し、死体等はそのままにしておいてください）。

明治31年（1898）10月22日（土）　第百四十二號　第七版　《三》

明治31年（1898）10月23日（日）　第百四十三號　第七版　《四》

既晴—「鳥居和邦」多次誤植爲「鳥井和邦」，兩者讀音相同，經查證台灣總督府檔案相關公文資料，確認過正確姓名，統一作「鳥居和邦」。

明治31年（1898）10月25日（火）　第百四十四號　第五版《五》

明治31年（1898）10月26日（水）　第百四十五號　第五版《六》

明治31年（1898）10月27日（木）　第百四十六號　第五版《七》

明治31年（1898）10月28日（金）　第百四十七號　第五版《八》

既晴──末兩句「啊，性格溫順的篠崎，他是否眞的犯下了令世人恐懼的可怕殺人重罪呢？」及「然而，他是否眞的是罪犯，或者另有其人呢？」集結成書後，我認爲敘事表現方式古老，故刪去。

明治31年（1898）10月29日（土）　第百四十八號　第五版《九》

明治31年（1898）10月30日（日）　第百四十九號　第七版《十》

既晴──回數誤植爲《九》。

明治31年（1898）11月2日（水）　第百五十一號　第五版《十一》

明治31年（1898）11月3日（木）　第百五十二號　第七版《十二》

明治31年（1898）11月5日（土）　第百五十三號　第三版《十三》

既晴──原文爲「二月一日上午十點」，但從故事時序來看，應爲「二月二日上午十點」。

原文有「一月二十九日，也就是晾助被殺的晚上」及「我在晾助被殺的那天晚上，大約五點左右去了他住的地方」兩句，由於竹山晾助的死亡時間爲凌晨，爲了讓事件的時間軸更正確，分別改爲「前一晚」及「前一天晚上」。

明治31年（1898）11月6日（日）　第百五十四號　第七版　《十四》

明治31年（1898）11月8日（火）　第百五十五號　第五版　《十五》

既晴—回數誤植爲《十四》。

明治31年（1898）11月9日（水）　第百五十六號　第五版　《十六》

既晴—回數誤植爲《十五》。

首句「意外！意外！」改成「案情出現了驚人的意外。」集結成書後，我認爲敘事表現方式古老，故修改。

明治31年（1898）11月10日（木）　第百五十七號　第五版　《十七》

既晴—回數誤植爲《十六》。

明治31年（1898）11月11日（金）　第百五十八號　第五版　《十八》

既晴—回數誤植爲《十七》。

明治31年（1898）11月12日（土）　第百五十九號　第五版　《十九》

既晴—回數誤植爲《十八》。

末句「正是在這關鍵時刻，宇野法官對篠崎提出了犀利的質問，篠崎的回答將會如何呢？」集結成書後，我認爲敘事表現方式古老，故刪去。

明治31年（1898）11月13日（日）　第百六十號　第七版　《二十》

既晴—回數誤植爲《十九》。

明治31年（1898）11月15日（火）　第百六十一號　第五版　《二十一》

既晴—回數誤植爲《二十》。

明治31年（1898）11月16日（水）　第百六十二號　第五版　《二十二》

既晴—回數誤植爲《二十一》。

明治31年（1898）11月17日（木）　第百六十三號　第五版　《二十三》

既晴—回數誤植爲《二十二》。

明治31年（1898）11月19日（土）　第百六十五號　第五版　《二十四》

既晴—回數誤植爲《二十三》。

刪一句「啊，被如此清晰、明瞭的玻璃鏡所映照，篠崎當時的心情究竟如何？」集結成書後，我認爲敘事表現方式古老，故修改。

明治31年（1898）11月20日（日）　第百六十六號　第七版　《二十五》
既晴－回數誤植爲《二十四》。

明治31年（1898）11月22日（火）　第百六十七號　第五版　《二十六》
既晴－回數誤植爲《二十五》。

明治31年（1898）11月23日（水）　第百六十八號　第七版　《二十七》
既晴－回數誤植爲《二十六》。
刪「如讀者所知，」、「如今，篠崎吉治也陷入了這樣痛苦的境地，他將何去何從呢？」兩句。集結成書後，我認爲敘事表現方式古老，故刪去。

明治31年（1898）11月25日（金）　第百六十九號　第五版　《二十八》
既晴－回數誤植爲《二十七》。

明治31年（1898）11月26日（土）　第百七十號　第五版　《二十九》
既晴－回數誤植爲《二十八》。

明治31年（1898）11月30日（水）　第百七十三號　第五版　《三十》
既晴—回數誤植爲《二十九》。
明治31年（1898）12月1日（木）　第百七十四號　第七版
三本—作者聲明：「本日暫停連載。」
既晴—刊頭日期誤植爲十一月一日。
明治31年（1898）12月2日（金）　第百七十五號　第五版　《三十一》
既晴—回數誤植爲《三十》。
明治31年（1898）12月3日（土）　第百七十六號　第五版　《三十二》
既晴—回數誤植爲《三十一》。
明治31年（1898）12月4日（日）　第百七十七號　第七版
三本—作者聲明：「本日暫停連載。」
明治31年（1898）12月7日（水）　第百七十九號　第五版　《三十三》
既晴—刊頭日期誤植爲十一月七日。
回數誤植爲《三十二》。
明治31年（1898）12月8日（木）　第百八十號　第五版　《三十四》

既晴──回數誤植爲《三十三》。

明治31年（1898）12月11日（日）　第百八十三號　第七版　《三十五》

既晴──回數誤植爲《三十四》。

明治31年（1898）12月14日（水）　第百八十五號　第五版　《三十六》

既晴──回數誤植爲《三十五》。

明治31年（1898）12月15日（木）　第百八十六號　第五版　《三十七》

既晴──回數誤植爲《三十六》。

刪末句「結果到底如何？」集結成書後，我認爲敘事表現方式古老，故刪去。

明治31年（1898）12月17日（土）　第百八十八號　第五版　《三十八》

既晴──回數誤植爲《三十七》。

明治31年（1898）12月18日（日）　第百八十九號　第七版　《三十九》

既晴──回數誤植爲《三十八》。

明治31年（1898）12月20日（火）　第百九十號　第五版　《四十》

既晴──回數誤植爲《三十九》。

刪一句「各位讀者，雖然這個主題的發展有些冗長，但請您暫時耐心閱讀下去。」集結成書後，我認爲敘事表現方式古老，故刪去。

明治31年（1898）12月22日（木）第百九十二號　第五版《四十一》

既晴──回數誤植爲《四十》。

明治31年（1898）12月24日（土）第百九十四號　第五版《四十二》

既晴──回數誤植爲《四十一》。

明治31年（1898）12月25日（日）第百九十五號　第七版《四十三》

既晴──回數誤植爲《四十二》。

明治31年（1898）12月27日（火）第百九十六號　第五版《四十四》

既晴──回數誤植爲《四十三》。

明治31年（1898）12月28日（水）第百九十七號　第五版《四十五》

既晴──回數誤植爲《四十四》。

由於從第十四回開始少算一回，直到連載結束時都沒有更正，故將最後一段的「連載了四十四回」的敘述改成「連載了四十五回」。「三彌」一度誤植爲「半彌」，譯文統一作「三彌」。

附錄二：作中人物生平考察

《苗栗小使命案》的連載，始於明治三十一年（1898）《臺灣日日新報》十月二十日，至同年十二月二十八日，共四十五回。此作並非小說創作，而是基於同年二月在苗栗辨務署發生的眞實事件中刑案偵查、審判紀錄的彙整。

由於本作爲眞實刑案，作中人物多少有史料可考。在此整理事件中主要人物的經歷，提供讀者作爲理解案發背景、人物關係的參考。除了台灣總督府檔案之外，史料來源也部分取自日本國會圖書館數位資料。

【篠崎吉治】

生於明治七年（1874）七月八日，家住櫪木縣下野國芳賀郡中村大字八木岡十二番地。大學就讀東京私立應慶義塾，畢業後進入東京《時事新報》擔任編輯，明治二十八年（1895）離職，至大藏省橫濱關稅局就任，至明治二十九年（1896）五月離職。同年六月二十二日赴苗栗辨務署擔任主記，月薪三十圓（八級俸）。明治三十一年（1898）一月三十日竹山謀殺案發生後，二月二日即遭停職。獲判無罪歸國後，似於昭和十年（1930）間，在千葉縣香取郡久賀村擔任產業統計調查員。

【竹山眼助】

生於明治十三年（1880）十二月二十八日，家住鹿兒島縣鹿兒島郡西櫻島村（現改制為櫻島

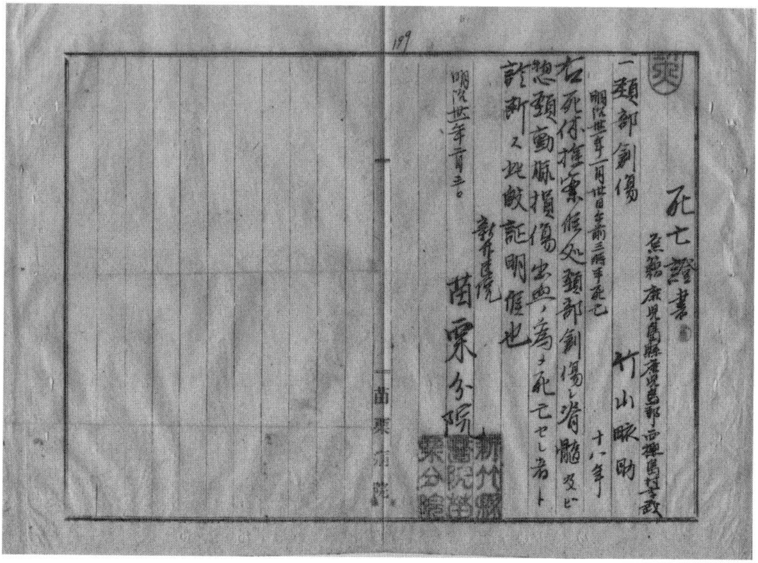

死亡證書

原籍 鹿兒島縣鹿兒島郡西櫻島村壹武

竹山眼助 十八年

一 頸部創傷

明治卅一年一月卅日午前三時頃死亡

右死体檢案候処頸部創傷ト脊髓及ヒ總頸動脈損傷出血ノ為メ死亡セシ者ト診斷ス此段證明候也

明治卅一年一月卅一日

新竹醫院 苗栗分院

町）武六十四番戶。明治三十年（1897）六月至八月在苗栗監獄署任職給仕，九月三日起，到苗栗辨務署任職常時傭小使。謀殺案發生後，弔祭及遺族扶助金六十五圓交付父親竹山小吉。

【宇野美苗】

原籍福井縣越前國大野郡勝山町字元綠町百九番地，生於萬延元年（1860），爲福井縣士族，是宇野美里的長男。明治十六年（1883）任職富山、高知始審裁判所，以及仙台地方裁判所判

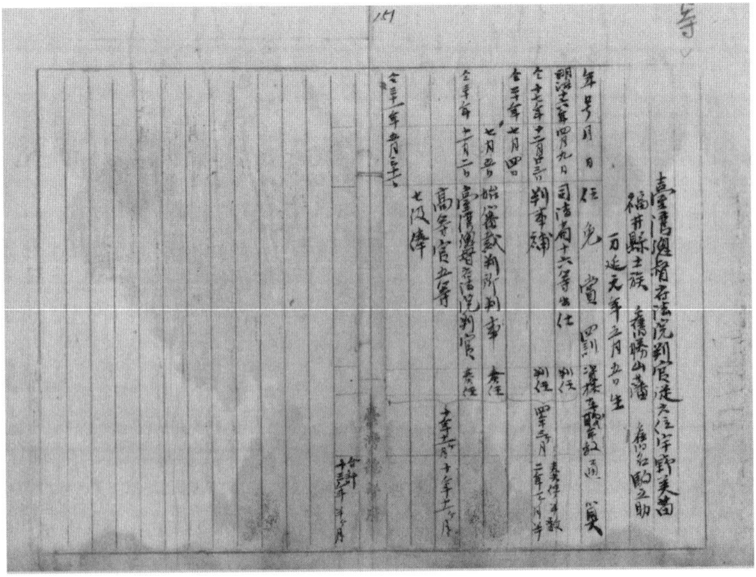
臺灣總督府法院判官從六位宇野美苗
福井縣士族
萬延元年五月五日生
年月日 任免 賞罰
判事補
高等官五等

事。明治三十年（1897）十一月一日任職台灣總督府法院判官，並兼任雲林地方法院長。

明治三十七年（1904）自總督府法院判官離職，在東京、金澤擔任律師。明治四十二年（1909）又歷任公州地方法院法州支廳判事、京城地方法院鐵原支廳判事，及朝鮮總督府濟州區裁判所判事、京城覆審法院開成支廳判事等職務。大正十四年（1925）逝世。

【鳥居和邦】

新潟縣村上藩士族，生於萬延元年（1860），是町奉行鳥居和達（鳥居與一左衛門和達）的長男。鳥居和達曾參與過戊辰戰爭，後來隱居改名淇松，鳥居和邦在十二歲即繼承家督。成年後投入自由民權運動，爲青年自由黨的核心成員。

明治二十一年（1888），鳥居和邦赴職新潟縣官僚。明治二十七年（1894），轉任德島縣內務部官員。

日本領台後，德島縣知事村上義雄於明治二十九年（1896）八月來台就任台中縣知事，鳥居和邦跟隨來台，爲台中縣屬官員，明治二十九年（1896）十二月調任苗栗支廳書記官，又於明治三十年（1897）五月擔任苗栗辨務署長。次年，離職返回日本，轉任德島縣名西郡、美馬郡、板野郡等之郡長職務。

【橫堀三子】

明治時代的政治家，嘉永五年（1852）九月十五日出生於下野國那須郡二羽（現今的櫪木縣大田原市）。原姓土屋，是黑羽藩士土屋新二郎的次子，名龍，字雲卿，通稱三子鐵研。自小接觸漢學，明治六年（1873）成爲芳賀郡鄉士橫堀源平之養子，明治九年（1876）成爲家督。

明治十二年（1879）當選櫪木縣議員，曾擔任副議長、常置委員、地方衛生會員及勸業諮問會員等職。自由民權運動興起時，曾成立下野有志共同會，成爲會內部長。明治十八年（1885）擔任芳賀郡長。

其後，明治二十九年（1896）四月一日，赴台受命擔任台中縣苗栗支廳長、台中國語傳習所長、台中縣書記官等職務。竹山謀殺案即發生在其任內。次年，他返回櫪木縣，在政壇上仍然相當活躍，明治三十五年（1902）起曾連續三屆當選眾議院議員。酷愛詩文創作，別號江山風吟窩主人，創立吟社、出版雜誌，門下弟子眾多。

大正三年（1914）逝世。

【榎田兼明】

鹿兒島縣始良郡重富村字平松百九十番戶士族，生於嘉永六年（1853）十月十五日。明治七年（1874）從軍擔任陸軍伍長，明治十年（1877）年轉任警視第五番小隊什長軍曹兼警部補。

明治十六年（1983）擔任警視廳巡查部長，明治二十五年（1892）琦玉縣警察部草加警察署長。明治二十七年（1894）警視廳監獄署石川島支署看守長，明治二十八年（1895）德島縣監獄署看守長。明治三十年（1897）十月，調任台灣新竹縣苗栗警察署長。明治三十三年（1900）退休。

【飯島勝太】

陸軍憲兵屯所上等兵。明治三十二年（1899）年爲守護台灣而戰死，遺族爲飯島カジ，惟戰役名稱不明。

【里村慶吉】

鹿兒島縣鹿兒島市下龍尾町人，生於文久二年（1862）。苗栗警察署警務課巡查部長、警部補等職。明治三十五年（1902）因肺炎病死。

【生沼永保】

東京府士族，生於萬延元年（1860），明治十九年（1886）東京帝國大學法科大學法律學科畢業，曾從事法官工作，歷任浦和、水戶、橫濱等始審裁判所判事，明治二十五年（1892）轉業爲律師，明治三十一年（1898）來台登錄爲訴訟代人[77]，曾擔任板橋林家的法律顧問。明治三十三年（1900）離台，移居茨城縣西茨城郡笠間町字田町，後擔任笠間銀行、笠間製絲等公司等董事職務。

77 【訴訟代人】明治三十一年（1898）施行訴訟代人規則，訴訟代人可受當事人委託，在法院擔任民事、刑事訴訟上的辯護人，至明治三十三年（1900）頒布〈臺灣辯護士規則〉予以取代，訴訟代人改稱辯護士（辯護律師）。

【高木正名】

原籍新潟縣新潟市學校町通一番町二番戶，生於萬延元年（1860）。明治二十年（1887）於新潟任治安裁判所檢事局書記。明治二十九年（1896）五月任台南地方法院書記，明治三十年（1897）四月任新竹地方法院書記，明治三十一年（1898）七月任台北地方法院書記。自明治三十二年（1899）三月起，任台灣總督府鐵道部書記。

【土屋芳藏】

元治元年（1864）生，出身於長野縣北佐久郡五郎兵衛新田村。參與過日俄戰爭，原屬陸軍步兵軍官，明治二十九年（1896）轉任台灣憲兵隊憲兵中尉，明治三十二年（1899）升任憲兵大尉。大正二年（1913）退役。

【秋山二郎】

福岡縣人。原爲佐賀地方裁判所判事，於明治三十年（1897）年任新竹地方法院檢察官。

明治三十二年（1899）自台中地方法院離職，轉業爲訴訟代人。

【莊野弘毅】

福井縣人。曾任長崎地方法院預審法官、小倉市裁判所判事監督。

【小山龍德】

解剖學家。原名規次郎，萬延元年（1860）生於江戶木挽町，爲熊本縣士族。明治十年（1877）畢業於東京大學醫學部，曾任職於第五高等中學教諭、長崎醫學專門學校教授。赴德留學歸國後，任職於九州帝國大學醫科大學教授。昭和八年（1933）逝世。

【寺島小五郎】

東京府士族，生於元治元年（1864）。明治二十二年（1889）畢業於東京帝國大學法科大學。歷任台灣總督府法院判官、高等法院判官、台北地方法院長，以及高知、和歌山、京都、名古屋等地方裁判所長等職務。

短篇小說〈老車夫〉

（上）

穿著「翁豆腐」印半纏[78]的豆腐屋店員，響著鈴鐺路過以後，來自島根、自稱年輕時很受女性歡迎、聲音悅耳的小菜販老人，喊著美妙的聲音，也轉進了竹林。現在大約是上午十點左右，名爲新起街台灣銀行宿舍的停車場上停靠了兩輛人力車，盼望著客人的車夫蹲在那裡等待。

78 【印半纏】半纏，又名袢纏，是一種類似羽織、無胸繩、無腋襠的短上衣，穿著時不折衣領，常用於工作服或防寒服。印半纏的特點是在襟、背等位置印有屋號或家紋，主要由職人或商家穿著。

距離一兩家店外的檢番[79]門口，走出兩名美女，兩人都身穿西陣[80]大島紬[81]龜甲文樣[82]的書生羽織[83]。原本曾經引領世間潮流、自衣襟露出的頸背，看起來像是布滿霧氣的大海般朦朧，在黑色繻子[84]上繫著中型縮緬的晝夜帶[85]，垂墜著長襦袢的下襬，散漫地在腳邊飄著。

兩人的髮束朝後，亂髮隨意散開，讓早晨的微風輕輕吹拂。她們的皮膚白皙，輪廓分明的臉上，帶著一絲嚴肅。左臉頰到脖子上稍有剛剛睡醒的枕頭壓痕。她們的左手都拿著手拭、糠袋[86]和肥皂，右手拿著牙籤。這裡正是她們每天如同例行公事般前往澡堂的路上。

一直沉默地看路上過客的年輕車夫，現在正處於充滿朝氣的全盛時期，而年老的車夫，大約五十四、五歲，外貌看起來卻可能已經六十歲了，集中在額頭上的，是年齡的重量。從黑布包覆的辮子下面，可以看到明顯的白髮像是與白霜混在一起，年紀漸長，衰老的跡象也表現在那難以忽視的眼神當中。到了這個年紀仍然從事這個職業，他的兩條腿宛如枯木般瘦弱。

「嘿，老爺子，你也有個年紀差不多的女兒吧？剛才從那家門口走出去的藝妓，就是那個年輕的女孩啊……嘿！」年輕車夫說。

老車夫看著年輕車夫所指的美麗側臉。事實上，兩個車夫在言談中建立了非常熟悉的關係，經過長時間的噓寒問暖，他逐漸養成了每次都問候「老爺子，最近怎麼樣？」的習慣。此刻，年輕車夫才剛打完招呼，還有更多問題要問。

「對了，你的女兒也很不錯吧。她已經幾歲了呢？是不是就像那樣……」

年輕車夫彷彿頻頻在心內盤算著。

老車夫對於年輕車夫所談的話題並不感興趣，但因爲女兒被稱讚了，他無法免

79【檢番】料理店、藝妓屋、接待處三種業者組成的辦公室俗稱。此外，安排藝妓出場、計算玉代（服務費）等事務的地方也可以稱為檢番。

80【西陣】即西陣織，產自京都西陣的高級絹織品。

81【大島紬】奄美大島生產的絣織紬。使用手工紡線，並使用當地的石斑木熬汁製成茶色染料進行織造。

82【龜甲文樣】「亀甲形」日本傳統文樣，由六角形的龜殼構成。

83【書生羽織】版型較長的羽織，又稱長羽織。明治時代中期起常見於書生、學生的穿著。

84【繻子】即繻子織，又稱朱子織，將布料經緯絲交點的數量減少，使觸感較為柔軟，呈現懸垂感。

85【晝夜帶】表裡使用不同質地、不同顏色布料縫製而成的腰帶，又稱「腹合帶」或「鯨帶」。一面是白色、一面是黑色，象徵白天與黑夜，雙面皆可使用。

86【糠袋】日本自平安時代以來的傳統清潔用品，是約掌心般大小般的棉質或絲質袋子，裡面填充米糠，沐浴時用以來按摩皮膚。為了讓皮膚更加潔白美觀，有時會添加日本樹鶯糞、豆粉等成分。

俗地在心裡感到高興。於是他笑著回答。

「嗯，沒有像她們那樣啦。我老婆她已經過世了，所以……」

接著，爲了進一步帶入話題，他做了暗示。

「我女兒已經快十九歲了呢。」

「十九歲？嗯，聽起來是一位妙齡少女啊！眞不錯啊，雖然母親不在了，但被你照顧這麼周到，太幸福了。現在你可以享點清福了吧。那麼，她已經嫁人了嗎？」

「其實，她還只是個小嬰兒啊。」

「你還留她在家裡嗎？」

「嗯。」

對於十九歲的女孩爲什麼還沒有談婚論嫁而留在家裡，年輕車夫感到相當奇怪。於是，他對著老車夫那寂寞的笑容投以懷疑的眼神，熱切地詢問。

「嗯，你明明有個好女兒，怎麼還在做這麼辛苦的工作呢？而且，你已經愈來愈老了……嘿，別生氣啦。像你這樣的情況，也掙不了多少錢吧，對吧？如果你單身也就算了，不幹這份工作也不要緊。怎麼回事啊？你有這麼好的女兒，整天拉車也不是辦法吧？爲什麼不早點給她找個好人家呢？她這麼漂亮，肯定有很多人求婚的啊。」

「事情不是這樣，因爲沒有適合的對象。」

老車夫冷靜地打斷了對話，繼續緩緩地吸著他那燻黑的竹煙管。

但是，年輕車夫更加熱切地追問。

「老爺子，你這樣不行，你這樣眞的不行啊。你女兒只是車夫的女兒，又不是什麼公卿的女兒或是貴族的小姐，如果沒有結婚的對象，無論是當藝妓也好，或是當情婦也好，還有許多選擇的，對吧？你看，這就是現在的時代啊。老爺子，你甚至可以成爲一位體面的退休老人，在家裡舒舒服服地吸阿片，不用這麼辛苦了。你的女兒畢竟是你的女兒……」

老車夫似乎有些不悅。

年輕車夫說的太過直接，略感後悔，便試圖安慰。「老爺子，我這樣說不是要惹你生氣的，眞的不好意思。」

然而，他還是繼續嘗試說服老車夫。

「按照你的心意，你當然希望你女兒嫁得好，但身爲一個車夫的女兒……看，就像這樣，一個車夫的女兒，大臣、參議員怎麼可能來求婚呢？要她嫁給我們這種小氣的傢伙，未免也太不合適了。你我都明白這點，所以最簡單的作法，就是把她送去當藝妓，那樣她也能過更好的日子。你看，剛才那個女孩也是個藝妓，從事藝妓這一行也沒什麼好丟臉的，不是嗎？看看日本，多少藝妓穿得漂漂亮亮的，連去澡堂都可以搭豪華的花轎。」

老車夫皺起了他那粗硬而緊繃的眉頭，急促地敲打著竹煙管。

「不用說了！」他大喊：「講得那麼好聽。但我可沒有像你說的那麼老，而且怎麼可以講我女兒是藝妓、情婦的……眞是笑死人了！」

「你不明白啊，這就是現實，你的女兒正值青春年華，總會招惹很多麻煩的，眞是的，我倒是想看看你要怎麼避開那些麻煩。」

年輕車夫突然轉過頭去，發出一聲咋舌。

「對了，金公還會像平常一樣來找人嗎？」他帶著一絲諷刺地問。

這個問題，顯然嚴重地刺激了老車夫，他那如芋蟲般的眉毛緊張地顫抖著，還不斷地舔著乾裂的嘴唇。

「講金公做什麼？你對我居然連這種話都敢講，眞是太過分了。」

老人的眼眶，脆弱得滿是淚水。

「那個人啊，只是她從小一起玩的朋友，一個無賴，做得了什麼大事呢？這一點，我女兒也很清楚。你啊，還有鄰居們啊，怎能講一些沒發生過的事，讓人好難過。我寧願死，也不會讓她做藝妓或者其他什麼的。等著看吧，即使我是車夫，也會讓我的女兒得到大家的尊敬。」

他的淚水猶如時雨[87]般滲進筒袖裡、甚至能擰出水來，讓年輕車夫感覺非常抱歉。

「哎呀，別生氣了，喂，這個樣子不好看啦，唉，都是我的錯，我向你道歉，老爺子，請你原諒我。」

一個聲音從四五間外傳來，看上去是個體面的日本紳士。

「老爺子，喂，你走吧，正巧有好客人了。」

他對老車夫讓步了，並且爲自己的失言道歉。

老車夫低垂了頭，沉默著。

87 【時雨】常發生於秋末至冬初，突然驟降又遽然停歇的陣雨。

「上車了——」

在進一步的催促呼聲中，十間外幾個競爭者全都衝了過去。「讓我來！」年輕車夫起身，開始跑步，老車夫含怨地目送著他。

「太荒唐了，誰會把自己的女兒送去當藝妓或情婦？」

（下）

接下來，幾輛人力車隆隆作響，再一輛接一輛離去，只留下老車夫孤單一人。一陣風颳來，揚起街道上的塵土，然後向下沉落的同時，正好正對著停車場襲來，老車夫腳步踉蹌，灰塵飛入他的眼睛，他反覆地擦著眼睛。

這時，一個溫柔的聲音喊著：「搭車。」

老車夫驚訝地抬頭，看見一位可愛的女孩正站在那裡。

她的年紀大約十八、九歲，頭上是新蝶蝶[88]的髮型，好像幾天沒有洗頭了，紫色的手絡[89]已經沾有一些油垢，烏黑的頭髮纏在脖子後面。她穿著粗糙、帶著紅色條紋的雙層和服，腰帶像是母親留下的舊時代用品，腳上是一雙穿了又穿、穿了又穿，已經極爲破舊的紅絨鼻緒[90]下馱[91]，使她的模樣更加顯得卑微，令人憐憫。

88【新蝶蝶】「新蝶々」「銀杏返」是一種將髮髻分成左右兩部，各彎曲為半圓的結法，在江戶中期，這種髮型主要流行於十二至二十歲左右的少女，在京坂地區稱為「新蝶蝶」。

89【手絡】一種日本頭髻飾布，通常以染色圖案的縮緬製成，掛於髮髻根部。

90【鼻緒】木屐前端的夾腳繩帶。

91【下馱】木屐。

然而，正如未經打磨的寶石，仍然是寶石一樣，她雖然看起來貧窮、憔悴，依然隱藏不住天生的麗質。老車夫凝視著她，不禁將她與自己的女兒產生聯想。少女持著小藥瓶的右手，示意要他「較緊[92]」去石防街。

老車夫舉起梶棒[93]，有如拉著梓弓般緊繃[94]地推進車子，往石防街前去，在名為春野的開業醫生家門前放她下車。他又載那位女孩上車回程，來到新起橫街的一間割長屋[95]，在設有井戶的住家前停車。女孩下了車後，匆忙地走進屋內。

過了一會兒，傳出她的聲音：「爸爸，我回來了。」

這間屋子並不寬敞，只有四疊半、二疊的房間各一間，從外面可以清晰看到裡面的情景。

包在一張又薄又髒的棉被裡，父親苦悶地咳嗽著。女兒在他背後輕拍，等待咳嗽稍微平息，再輕輕地餵他服藥。

「爸爸，吃藥了，醫生說他馬上就來哦。」

這時，她似乎突然想起什麼，從一個特別大的條紋錢包裡掏出五錢白銅，準備走到門口交給老車夫，但老車夫已經默默地拉著空車，離開四五間遠了。

老車夫望著眼前病重的父親和女兒，感到一陣茫然，他沒有再回到停車場，而是朝艋舺方向走去。新起街的轉角有人呼喚「搭車」，他也彷彿沒有察覺似的，繼續自顧自地往前走。

此後，不再有人在哪個停車場看到這位老車夫了，充滿朝氣的年輕車夫問候「老爺子，最近怎麼樣？」的聲音，也不再聽見了。

原刊登於《臺灣日日新報》明治33年（1900）1月28日（日）第四版，第五百二十一號

92【較緊】作者特別設計、台語「趕緊」的漢字表意。

93【梶棒】裝在人力車前方用以拉車的長柄。

94【拉著梓弓般緊繃】「梓の弓の危くも」意指「幾乎要因為弓的緊繃而導致危險」的情境。

95【割長屋】長屋是將一棟房子沿著屋脊分割成多戶住家的居住型態，有各住戶單方向排列、「入口和房間的後方都有門，能夠開關」的「割長屋」，以及兩排住戶背靠背排列、「只有入口處有門能夠開關，房間的後方沒有門」的「棟割長屋」兩種。長屋前的排水溝蓋作為通道，盡頭處設有共用的廁所、井戶和垃圾場。

附錄四：苗栗辨務署小使命案報紙原文

●苗栗辨務署小使命案

上個月三十日深夜，苗栗辨務署內遭人入侵，以刀刃殺害了在小使室裡熟睡中的小使竹山畩助（18），造成他的頭部、咽喉重傷，立即死亡。其後，惡棍可能是爲了搶奪金櫃而打開宿直所的障子，正在室內睡覺的書記篠崎吉治被吵醒，衝出去大叫有小偷。竊賊聽到聲音，沒有帶走任何東西就驚惶逃走。

接獲線報的警官、憲兵立即趕到現場，發現被害者的頸部被利刃斬殺，咽喉處的傷口爲致命傷，傷口只有一處，並未找到其他傷痕。然而，關於加害者的目的、加害者的身分，儘管眾說紛紜，但研判是大叫有小偷的篠崎吉治涉有重嫌而遭到拘留，並傳喚了家住台北新起街、任職台灣日報社的中川宗之助、家住市內府前街二丁目的赤星，以刀劍鑑定人的身分出席，但由於目前案件仍在預審中，因此無法得知事件的眞相。

然而，先前曾有兩名辨務署的主記因監守自盜遭到起訴，至今還在預審階段。有傳聞指出，這可能是爲了掩蓋挪用官款的罪行，才會殺害這名小使。

原刊登於《臺灣新報》明治31年（1898）2月13日（日）第三版　雜報

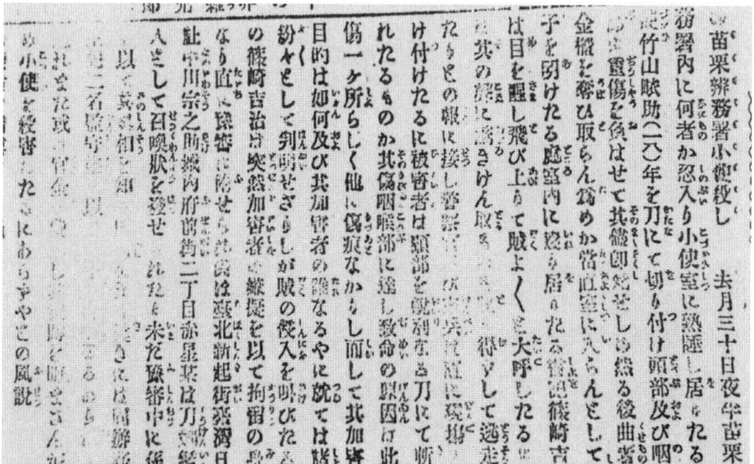

苗栗辨務署小使殺し　去月三十日夜半苗栗辨務署內に何者か忍入り小使室に熟睡し居たる小使竹山眈助(一八)年を刀にて切り付け頭部及び咽喉部に重傷を負はせて其儘卽死せしめ然る後曲者は金櫃を奪ひ取らん爲めか當直室に入らんとして障子を明けたる處室內に眠り居たる雇員篠崎吉治は目を醒し飛び上りて賊よくと大呼したるに賊は其の聲に驚きけん取る[illegible]得ずして逃走したりとの報に接し警察[illegible]現場に臨み付けたるに被害者は頸部を鋭利なる刀にて斬られたるものか其傷咽喉部に達し致命の原因は此負傷一ヶ所らしく他に傷痕なかりし而して其加害の目的は如何及び其加害者の誰なるやに就ては諸說紛々として判明せざりしが賊の侵入を明ひたる右の篠崎吉治は突然加害者の嫌疑を以て拘留の身となり直に探偵に除せられ[illegible]は臺北新起街臺灣日報社員中川宗之助城內府前街二丁目赤星某は刀の鑑定人として召喚狀を發せ[illegible]未だ豫審中に係る以て[illegible]同辨務署[illegible]二名監守[illegible]官金[illegible]の小使を殺害したるにあらずやとの風說

附錄五：圖片及照片出處

P22
苗栗街。
收錄自《台灣寫真帖》（明治四十一年，1908）。

P27
台灣總督府警察官及司獄官煉習所之正門。
收錄自京都大学貴重資料デジタルアーカイブ。

P34
新竹廳舍。
收錄自《台灣寫真帖》（明治四十一年，1908）。

P39
主功能在於保護手指與虎口的刀鍔。
收錄自《海軍服制》（昭和七年，1932）。

P42
鹿兒島街景。
收錄自京都大学貴重資料デジタルアーカイブ。

P45

苗栗廳舍。
收錄自《台灣寫真帖》（明治四十一年，1908）。

P49

日治時期巡查使用的護送表。
收錄自《巡查須知》（明治二十八年，1895）。

P52

二十世紀初的鑑識現場，毛髮。
收錄自《防犯科学全集 第2巻》（昭和十年，1935）。

P54

日治時期實際使用的鑑定書。
收錄自《註釈診断検案鑑定書例：附・法医学的検査法 增訂第2版》（大正七年，1918）。

P58

日本刀上附著之血痕。
收錄自《実用法医学講義》（1947）。

P65

日本刀的細節。
收錄自《袖珍刀剣研究》（大正三年，1914）。

P69

日治時期鑑定書使用的人體圖。
收錄自《註釈診断検案鑑定書例：附．法医学的検査法 增訂第2版》（大正七年，1918）。

P74

台北監獄。
收錄自《台灣名所寫真帖》（明治三十二年，1899）。

P76

上圖 德國化學家亨利希．卡羅（Heinrich Caro）。
收錄自維基百科公有領域。
下圖 膽紅素之結晶。
收錄自《実用法医学講義》（1947）。

P77

當時的顯微鏡。
收錄自《近世医療器械図譜》（大正三年，1914）。

P79

法被。
收錄自《金札．大江山．岩船．知章．俊成忠度（観世流昭和版）》（昭和七年，1932）。

P85

日治時期的指紋鑑定。
收錄自《防犯科学全集 第2巻》（昭和十年，1935）。

P92

各種動物的血球模樣。
收錄自《実用法医学講義》（1947）。

P97

當時的解剖工具。
收錄自《近世医療器械図譜》（大正三年，1914）。

P99

上圖　二十世紀初的鑑識現場，毛髮。
收錄自《防犯科学全集 第2巻》（昭和十年，1935）。
下圖　刀鞘的細節。
收錄自《古事類苑 兵事部8》（大正三年，1914）。

P103

足跡的鑑定實例。
收錄自《実用法医学講義》（1947）。

P107

各種血跡的樣貌。
收錄自《実用法医学講義》（1947）。

P135

圖右　單衣。
收錄自《和服裁縫図解下》（明治四十年，1907）。
圖左　琉球絣。
收錄自《日本民俗図誌 第16冊》（昭和十七至十九年，1942-1944）。

P136

日警逮捕犯人的場景。
收錄自《司法制度沿革図譜》（1937）。

P149

竹久夢二所繪之蝙蝠傘。
收錄自《春》（大正十五年，1926）。

P156

長崎縣廳。
收錄自京都大学貴重資料デジタルアーカイブ。

P164

埃米爾．埃倫邁爾（Emil Erlenmeyer），十九世紀德國化學家。
收錄自維基百科公有領域。

P168

櫪木縣東照宮。
收錄自《明治四十二年栃木県特別大演習紀念写真帖》（明治四十三年，1910）。

P170

明治時期的監獄構造。
收錄自《監獄構造法要論》（明治二十七年，1894）。

P176

日治時期的法庭審判實景。
收錄自《歷史写真大正八年十月號》（大正八年，1919）。

P186

台灣日日新報社實景。
收錄自《台灣寫真帖》（明治四十一年，1908）。

P205

竹山畡助之死亡證書。
由國史館台灣文獻館提供。收錄於「故弁務署傭員竹山畡助吊祭料及遺族扶助料給與」（1898-05-01），〈明治三十一年臺灣總督府公文類纂十五年保存第九卷恩賞〉，《臺灣總督府檔案．總督府公文類纂》，國史館台灣文獻館，掃描檔名：000045510110195.jpg。

P206

宇野美苗履歷。
由國史館台灣文獻館提供。收錄於「法院判官水尾訓和外十六名敘勳上奏ニ關スル件（內務大臣其他）」（1898-04-08），〈明治三十一年臺灣總督府公文類纂永久保存追加第十八卷官規官職恩賞〉，《臺灣總督府檔案．總督府公文類纂》，國史館台灣文獻館，掃描檔名：000003310070150.jpg。

P211

台北地方法院正面。
收錄自《台北寫真帖》（1913）。

P215

人力車。
收錄自維基百科公有領域。

苗栗小使命案

國家圖書館出版品預行編目（CIP）資料

苗栗小使命案/三本原著；既晴譯作. -- 初版. --
臺北市：前衛出版社，2024.10
面； 公分
ISBN 978-626-7463-60-4(平裝)
861.57　　113015505

原　　著　さんぽん（三本）
譯　　作　既晴

法醫學審定　李俊億

企劃選書　林君亭
責任編輯　楊佩穎

美術設計　蕭旭芳
內頁排版　烏石設計
出 版 者　前衛出版社
10468　台北市中山區農安街 153 號 4 樓之 3
電話：02-25865708｜傳真：02-25863758
郵撥帳號：05625551
購書・業務信箱：a4791@ms15.hinet.net
投稿・編輯信箱：avanguardbook@gmail.com
官方網站：http://www.avanguard.com.tw/
出版總監　林文欽
法律顧問　陽光百合律師事務所
總 經 銷　紅螞蟻圖書有限公司
11494 台北市內湖區舊宗路二段 121 巷 19 號
電話：02-27953656｜傳真：02-27954100
出版日期　2024 年 12 月初版一刷
定　　價　新台幣 380 元

ISBN：978-626-7463-60-4
ISBN：9786267463598（EBUB）
ISBN：9786267463581（PDF）